中国・三峡ダムを攻撃せよ！

令和パールハーバーの果てに

薗田嘉寛
Sonoda Yoshihiro

えにし書房

2030年代末、中国

空自F-3テンペスト部隊の飛行ルート

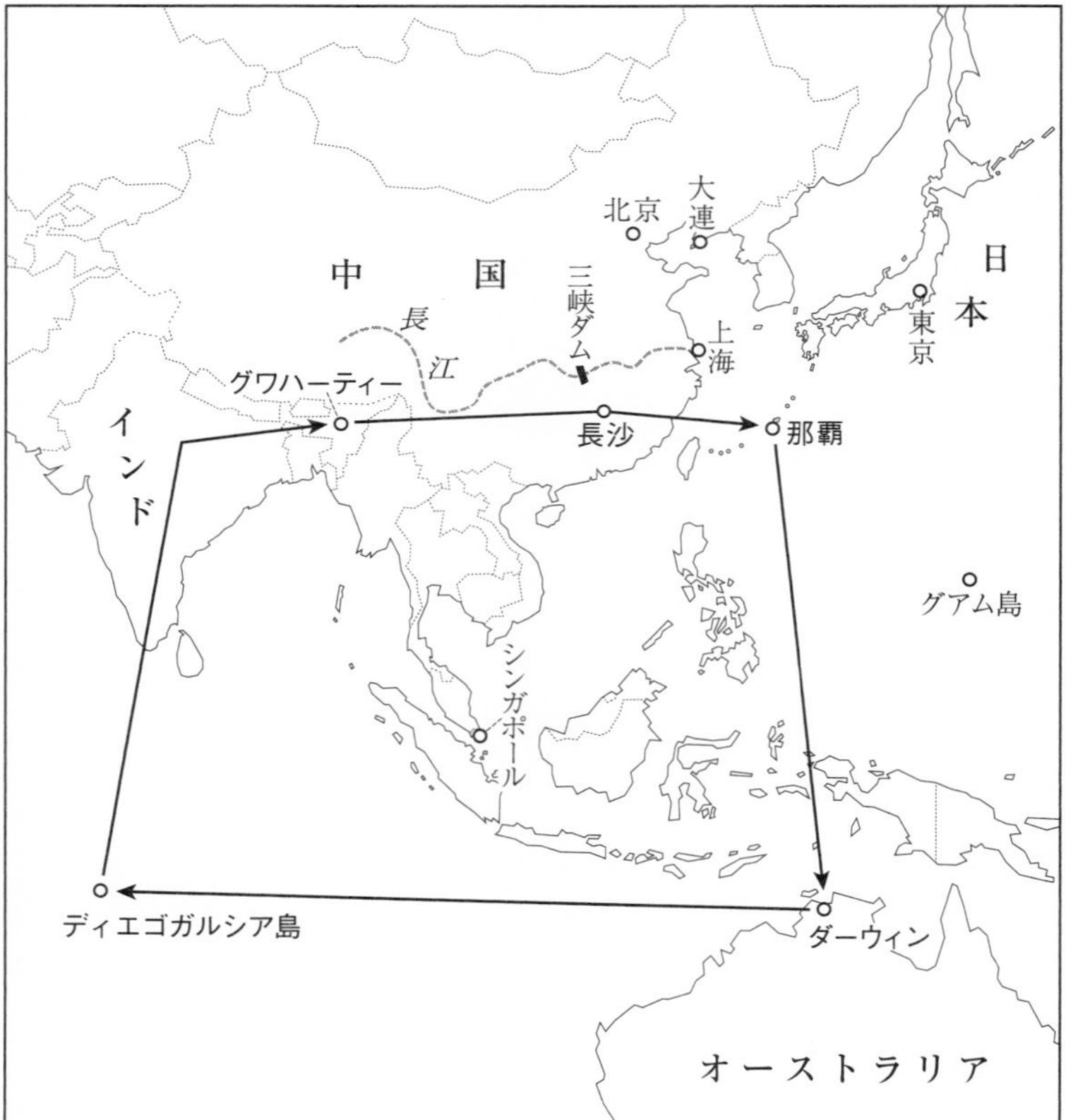

1

9年前のきょう、日本のステルス戦闘機F3テンペストの部隊がインド東部からミャンマー上空を経て中国領内に侵入し、長距離ミサイルで三峡ダムを空爆しました。毛沢東主席の故郷、湖南省長沙市の上空で発射された2発の巡航ミサイルASM5は300キロ以上を飛翔し、長江上流の湖北省宜昌市にある幅2・3キロ、高さ185メートルの巨大なダムのコンクリート壁に激突しました。この時に爆発は起こらず、のちに日本政府が発表した通り、中国軍の核攻撃をやめさせるための大胆な示威行為（弾頭部には赤色ペイントが入っていた！）とみられましたが、2週間後、三峡ダムは突如として決壊しました。

全長570キロメートル（東京―神戸間の距離に匹敵）のダム湖にためられていた300億トンの水塊は、破壊された三峡ダムの開口部から轟音とともに一挙に崩れ落ち、どす黒い濁流は第6波まで続く巨大な山津波となって下流の渓谷を時速100キロの速度で流れ下り、最初にダム直下にある三斗坪地区の町や村を瞬時に消し去りました。それはまさしく人びとが恐れていた《水爆》でした。核兵器を持たない日本が海上自衛隊の空母艦隊を壊滅させた中国の核兵器（電磁波を起こす規模の小さい核パルス弾です）に対抗したものであると世界中の誰しもが考えましたが、3億人が暮らす長江流域の上流にある三峡ダムを破壊するのはやりすぎであると思いました。それは水爆8発にも相当する破壊力を有していましたから。破壊されたダムの開口部から流れ落ちる瀑布は、まるで北米のナイアガラの滝のようでした。この瀑布によって滝つぼはクレーターのようになり、そのブラックホールのような黒い渦の中から響きわたる轟音、そして山津波となって次々と長江の沿岸集落をのみこんでいく波濤の残響は、9年たったいまも、中国の多くの人びとの耳の底に恐ろしいエコーとして残っていると思います。

日本のステルス戦闘機F3部隊の奇襲攻撃による被害は長江の上・中・下流域およそ1000キロに及びました。ダム決壊直後の第1波に続いて、第2波、第3波と次々に襲ってくる大津波により、沿岸の都市に建つ高層ビルやマンションはまるでドミノ倒しのように次々と倒壊していきました。中・下流域に連なる1000万都市の武漢、南京、杭州なども市街全域が壊滅的な打撃を受け、『三国志』の舞台となった世界遺産のまち荊州の古城なども濁流とその後の泥の堆積によって失われました。水郷地帯として知られる蘇州、周荘、朱家角などの歴史ある街の景観も汚水のなかに沈み、河口部にある人口2500万の大都市・上海はまるで海面上昇により水没したかのように、見渡すかぎりの泥の大海原に浮かぶ無数のガラスの塔でできた《輝く孤島》へと変わり果てました。これらはすべて日本軍機による三峡ダム攻撃の結果なのです。

あの中国史上最悪といえる大災害（もう一度言います、あれは人災です！）が起きた時、わたしは25歳で、遼寧省の大連市に住んでいました。非常に暑い夏であったことをよく覚えています。長江沿岸の被災地からは遠く離れた東北地方の港町大連にいたので、ダム決壊による直接の被害はありませんでしたが、自分が「日本生まれ」だったことから、当時、周囲の中国人たちからずいぶんいじめられたものです。あの頃、わたしは大連市金州区にある職業訓練学校で、日本への就職を希望する中国の若者（技能実習生）たちに日本語を教えていました。しかし、台湾有事をきっかけにして中日間で勃発した東シナ海戦争の余波を受け、失業しました。大連に進出していた日本企業の多くが撤退し、日本向けの製品をつくっていた工場も操業停止し、日本への留学や就職を目指す若者はいなくなったからです。日本語教師のニーズなど、もはやなくなったのです。

当時、わたしが交際をしていた女性は湖北省荊州市近郊の村の出身でした。三峡ダムの決壊により、彼女は両親をはじめ親族のほとんどを失い、日本生まれのわたしを激しくなじりました。そしてありったけの恨みの言葉をのこし、わたしのもとから去っていきました。ですから、ある意味、わたしもあの災禍の被災者のひとりだったと言えます。あのダム決壊で仕事と恋人を同時に失ったのですから。あの頃の状況がどんなだったかは、いまもネットの動画に残る映像を見てもらえれば、よくわかるでしょう。長江沿岸の3億人もの罪なき人びとが濁流にのみこまれていくカタストロフィーの瞬間の映像が数多く残されているからです。あの「7・20災禍」を実体験した人びとにとっては、いまも心身に激痛が伴う身体に刻印されたトラウマとして残っています。9年の歳月がたってもその傷は癒されていません。日本の戦闘機が発射した巡航ミサイルによって破壊された三峡ダムの傷口からいまも湖水が瀑布となって絶えず流れ落ちているように、わたしを含めた中国人の身体からも苦しみと悲しみでできた赤い血が止まることなくしたたり落ちているのです。

あの惨事による死者・行方不明者は340万人、被災者は3億人に上りました。未曽有の惨事によってあの年の中国のGDPは13%も下がり、経済的な打撃は2020年の新型コロナウイルス感染症による被害をも大きく上回るものになりました。まさに「7・20」は中国史上最悪の厄災となりました。9年たったいまもこの災禍は中国の社会経済と国民の生活に多大な影響を与えているのです。

あの災禍を冷静に振り返れば、長江沿岸の住民に出されていた「避難命令」が、一度解除された後に三峡ダムが決壊するという不運もあったといえるでしょう（これも人災です！）。高台に逃れていた住民の避難がもしあと5日続いていれば、あの時の死者の半数は助かっただろうという外国メディアの報道もあります（中国政府はこれについては完全にノーコメントです）。

日本の戦闘機部隊が三峡ダムをミサイルで攻撃した直後、中国政府は万が一のダム決壊に備え、長江沿岸住民に対して高台に逃れるよう緊急の避難命令を発出していたのです。この命令に従い、住民は長江から離れた場所の親戚の家に身を寄せるなど、一斉に疎開を行ったのでした。ところが、1週間なにごともなく、また住民がいなくなった地域では空き巣が横行し、家屋の窃盗被害が続出していたため、避難住民が騒ぎ出し、政府は10日後、それまでの避難命令を解除したのでした。そこで住民が長江沿岸の自宅にもどり以前の生活を再開したところでダムが決壊したのです。もし、あの避難命令が解除されずに住民があと数日安全な場所にとどまれば、多くの人が死なないですんだでしょう。しかし、いまさらとやかく言っても死んだ人は生き返りません。政府の判断が誤りだったなどと問題を蒸し返すよりも、いまはまだ洪水災害で苦しんでいる人が多くいるのです。まずはそうした洪水で家を失った人びとを助けることのほうが先決でしょう。

三峡ダムの決壊で長江流域の1億世帯が家を失いました。あまりにも被害が大きすぎて復興は遅々として進まず、結果として泥に埋もれたまま見捨てられ、住民のいなくなった町や村は数えきれないほどです。被災者は故郷のまちの再建をめざすより、政府から罹災証明書と被災者手当をもらって江州などの新興開発地域に移ったほうがてっとり早かったからです。そんなわけで被災者の多くは政府からの多額の見舞金（その大部分は日本政府から中国に支払われた賠償金でした）を受け取って、被災住民の多くが新天地となる江州をめざしたのです。

台湾有事と東シナ海に浮かぶ群島（中国名は釣魚群島、日本名は尖閣諸島です）の領有権争いから始まった中日戦争は、最後に三峡ダムの決壊という大惨事に至り、両国は否応なく「即時停戦」をせざるを得なくなりました。日本と中国の行為を非難する世界市民の矢面に立たされたからです。停戦交渉はアメリカではなくフランスがリードし、ダム決壊の3日後、国連の勧告にしたがい中国と日本は停戦を受け入れたのです。両国の戦争を止めてくれたのはまさに世界市民たちでした。テレビやネットで世界に配信された恐ろしいダム決壊の映像を前に、世界の人びとは驚愕し、即時の停戦を求め、行動を起こしてくれたのです。ダム決壊の事実に驚きうろたえ、ともに固まってしまっていた両国政府を動かし、振りかざしたままの矛を収めさせたのです。特にダムを攻撃した日本は全世界から非難を受け、政府もとても反論できる状況ではありませんでした。その後、中日間の領土問題とダム決壊による賠償の問題はニューヨークの国連本部に場所を移して交渉が行われ、賠償金額などは合意をみたものの、領土問題については9年たったいまも係争中です。日本が米国の要請に基づいて行った台湾支援の軍事作戦は、結局高くついてしまったのです。「中国は、こちらが強くでれば必ず尻込みする」「こちらにも反撃能力があるのだと、中国には明確な意思表示をしておかねばならない」という日本政府の判断のもと決行された航空宇宙自衛隊の空爆作戦は、このように恐ろしい結末を招き、中国への賠償金支払いにより、その後、日本は国力も低下してしまったのです。

「7・20災禍」の後、世界的に大きな問題になったのが「日本に復讐を！」という世界の中国人たちの大合唱です。この狂信的な愛国中国人たちはニューヨークの国連本部にまで押しかけ、「日本の水爆攻撃に対する中国の報復を国連は認めよ」と声を張り上げたのです。その報復の手段とは核攻撃でした。「破壊された上海と同じように、東京も焦土に化せ」と彼らは要求したのです。この結果、中日間ではいつ停戦が破られ、東シナ海をはさんで再び大戦争が起きるのではないかと世界はおののきました。中国の核攻撃を恐れた日本は、中国被災者への見舞金の増額や江州への移住問題で譲歩し、その後の国際社会のとりなしでなんとか全面戦争だけは回避し、今日までとりあえずはしのいでいます。しかし、東シナ海での局地戦闘はいまも続いているようです。来年はいよいよ三峡ダム決壊から10年の節目の年となるので、国連と国際社会は、中国と日本の間になんとか「不戦条約」を締結させるよう精力的に準備を進めています。ですが、東シナ海をはさんで中国人民解放軍と日本の自衛隊はいまもにらみ合ったままなので、予断は許さない状況です。

あれから早10年です。ほんとうに時の経つのは早いものです。「7・20」から10年となる来年7月、中国ではいよいよ「新三峡ダム」の建設工事が始まります。中国が未曽有の災害を乗り越えたという物理的な象徴として、新たな三峡ダムの建造に着手するのです。加害国の日本がその莫大な建設費の3分の2を出すということですが、この中日合同の新たな事業が、いまだ冷めやらぬ中国人の日本への怒りの気持ちを少しでも減じてくれたらと、横浜生まれのわたしもひそかに期待し、祈っています。

ミサイル攻撃で破壊された旧ダムも同時に修復されるということです。こちらは被弾し破壊されたダムの中央部が、いまも「U字」にえぐられたままの無残な姿で、中国国内では「負の遺産としてこのまま保存し、後世に残すべきだ」との声も上がっています。世界の中国人コミュニティーもこの問題への関心は高いようで、ネット上で議論が続いています。ニューヨーク、サンフランシスコ、アテネ、シンガポール、そして横浜など、世界中の華僑社会では、新三峡ダムの建設に向けての資金集めなども始まっています。これには旧ダムの保存費用も含まれていますが、中国政府は「長江沿岸住民の安全を第一に考え、旧ダムも同時に補修する」と最近声明を発表しています。地球温暖化の影響で中国国内でも従来では考えられないような豪雨災害が各地で起きており、旧ダムの補修は長江中・下流域住民を守るために不可欠な治水事業であると説明しています。いずれにせよ、新旧の三峡ダムが完成すれば、中国と日本にとっては過酷な10年をついに脱することができる良い機会になるのではないでしょうか。

航空宇宙自衛隊の有人機と無人機で構成されたF3ステルス戦闘機の5機編隊×2が三峡ダムを空爆した夜、わたしのアパートには朱麗が泊まりにきていました。ですから、なおさらあの週末の未明のことは鮮明に覚えています。当時、わたしのアパートは日本人が多く住む大連経済技術開発区内にありました。北に大連市の象徴である大黒山、南に大連湾が広がる高層マンションが建ち並ぶ新興地区で、当時5000人の日本人が区内に暮らしていました。周囲には三菱電機、キヤノン、富士電機、TOTO、マブチモーター、TDKなど日本の大手企業の工場があり、大連市は中国国内でもっとも親日的なまちでした。わたしが務めていた職業訓練学校もここにあり、その近くにアパートを借りていたのです。場所は開発区の南部、黄海西路と遼江西路がまじわる体育公園の近くで、海に近く、緑が多く、なおかつ治安もよかったので、この場所を選んだのです。

あの週末の夜、わたしと朱麗は愛を交わし、抱き合ったままぐっすりと寝入っていました。異変を知ったのは、明け方に市中に響きわたったサイレンによってです。初めて経験するけたたましいサイレンの響きに、わたしたちは眠りをやぶられ、裸のまま飛び起きました。

「あの音なに？　何があったんだろ？」

わたしの肩を揺さぶりながら訊く朱麗のこわばった声がいまも耳の奥に残っています。

「わからない。津波の警報かな」

わたしは子供の頃、日本のテレビで見た東日本大震災の津波のことを思い出しながら答えました。大連は海に面しているので、沿岸部は津波の被害の恐れはあります。でもこの辺では地震などありません。

「いま何時？」ベッドを出て下着をつけながら朱麗が訊きました。

時計を見ると4時28分でした。

「まだ4時半。だけど、もう起きたほうがよさそうだね。きっと何か事件があったんだよ。テレビをつけてみよう」

外ではサイレンがいまも鳴り続けています。こんなことは中国に来て初めてです。わたしは床に落ちていたパジャマを手にとって居間に行き、テレビをつけました。

どの局も緊急放送を流していました。ＣＰＴＶでは男性アナウンサーが緊張した声で「外国軍機がわが国に侵入し、国内にある複数のダムを攻撃しました。湖北省の三峡ダムも被弾した模様です。現在、人民解放軍が被害の確認にあたっています」と報じていました。

続いて画面は中国外務省の記者会見場に切り替わりました。政府の顔になっている女性報道官が乱れた髪のまま現れ、怒りのこもった強い口調で状況を話し始めました。

「いまから10分ほど前、国籍不明機によって湖北省の三峡ダムが攻撃されました。四川省と雲南省の境界にある烏東徳ダムも同じく外国軍機によって攻撃されたもようです。この長江の上流にある両ダムは今後、決壊する恐れもあるので、長江沿岸の人民はただちに長江から離れた高台への避難をはじめてください」

この第一報を聞いて、わたしはこれが台湾空軍によるしわざだと思いました。なぜなら、台湾の政治家が「中国から攻撃を受ければ、われわれは三峡ダムを攻撃して対抗する」とつねづね公言していたからです。このとき中国は、東シナ海において台湾、日本、アメリカを相手に戦っていました。中国海軍の空母「遼寧」が台湾南西の海域で国籍不明の潜水艦によって撃沈され、中国海軍の調査の結果、攻撃したのはアメリカと日本の援助を受けた台湾の潜水艦の仕業とわかり、中国は台湾に宣戦布告をしたのです。これに対し、在日米軍の陸、海、空軍、海兵隊の4軍が台湾支援のために沖縄から出動し、日本の陸海空自衛隊も米軍の後方支援にまわりました。台湾海峡の大陸側沿岸に大部隊を集結させていた中国軍は、兵士を満載した500隻の大小の艦船を使い、台湾への侵攻を開始しました。台湾軍はこの日のために秘密の兵器を用意していました。上空から艦船に突入する「神風ドローン」です。イスラエルが開発したこの自爆型ドローンを多数装備していた台湾軍は、この滞空型のドローンを飛ばし、現れた中国艦船に次々と攻撃を仕掛けたのです。この奇襲により中国軍は大型の強襲揚陸艦「海南」をはじめ、大小200隻もの艦船を失いました。これら艦船には海上民兵が乗り込んでいたため、戦死者は1万人にも上ったということでした。

この想定外の大被害を出した中国軍は、上空に舞う神風ドローンを一網打尽にするため、核兵器の一種であるパルス弾の使用に踏み切りました。数百のドローンが一斉に空から突入してくる前にパルス弾を上空で破裂させ、その電磁波でドローンの電子回路を破壊し、その排除に成功したのです。

この中国軍のパルス弾攻撃により、近くで警戒監視に当たっていた米軍や自衛隊の艦船、航空機にも被害がでました。中国は再び台湾侵攻の準備に着手しました。これを抑止するため、台湾は中国の核兵器（パルス弾）に対抗する手段として「三峡ダム攻撃」を公言したのです。

台湾のスポークスマンは中国に対し、繰り返し、公の場でこう宣言しました。

「中国がこれ以上の攻撃を仕掛ければ、われわれは巡航ミサイルと空軍機を使い、三峡ダムを攻撃する。われわれには三峡ダムを破壊できる力がある。それは水爆を保有しているのと同じだ。中国の核兵器に匹敵する」と。

このように台湾軍にとって三峡ダムへの攻撃は大きな政治的手段となっていたため、中国のテレビで三峡ダムへのミサイル攻撃を知ったとき、わたしはそれが台湾軍によるものだと思ったのです。

テレビはどのチャンネルも緊急ニュースを伝えていました。しかし、夜明け前のため被害の詳しい状況はわかっていないようでした。政府の要人も、テレビやラジオなど各メディアも、万が一のダム決壊にそなえ、沿岸住民に対し繰り返し緊急避難を呼びかけていました。

ＣＰＴＶが国防部からの中継を流し始めました。その第一声を聞いてわたしは驚嘆しました。「三峡ダムを攻撃したのは、日本の戦闘機部隊とみられる」と報じたからです。確かに日本の海上自衛隊の艦船が中国軍のパルス弾によって航行不能にされていたことは事実です。だからといって、中国内陸部のダム施設を航空宇宙自衛隊の戦闘機が攻撃するとは！

「侵入した日本軍機を迎撃するために緊急発進した中国軍機が現在、温州上空で複数の敵機と交戦中です」

ＣＰＴＶによれば、いままさに東シナ海上空では中国軍と日本軍のステルス戦闘機同士が戦っているようでした。これは大変なことになったとわたしは思いました。

「二郎、いまテレビで三峡ダムが危ないって言ってなかった？」

振り返ると、パジャマ姿の朱麗が暗がりの中に立ち、ぶるぶるとからだを震わせていました。そしてひきつった声で言いました。

「どうしよう。わたしの家、長江のすぐそばなのよ。お父さんもお母さんも早く逃げなきゃ、たいへんなことになる」

外ではいまもけたたましくサイレンが鳴り続けていました。テレビの青白い光がまたたく中、暗い部屋のなかでわたしは冷たい肌の朱麗を抱きしめました。

「大丈夫だよ、もうすでにみんな安全な場所に避難してるよ。スマホがつながったら、家族の無事なことがわかるよ。それまでもう少し待とう」

「ほんと？　だけど、うちにはクルマがないのよ。それに高台まで5キロ以上あるの。どうやってそこまで逃げればいいの？」

朱麗は、わたしの言葉ではとても安心ができないようでした。


当時、大連市内の経済技術開発区にあった職業訓練学校で日本語教師をしていたわたしは、夜学部に通う学生の朱麗と密かに交際をしていました。彼女は湖北省の出身ですが、「ルパン三世」や「となりのトトロ」「鬼滅の刃」など日本のアニメが大好きで、将来、アニメーターになるため、日本行きを強く望んでいました。そこで日本企業が集まる遼寧省の大連にやってきて、経済開発区にある日本のアニメ制作会社でアルバイトをしながら、わたしの学校で日本語を学んでいたのです。それで自然にわたしたちは親しくなりました。

当時、わたしたちはともに25歳で、お互い口には出しませんでしたが、まじめに結婚を前提としてお付き合いをしていたように思います。彼女は古都荊州近くの農村の出身で、ふつうなら地元に近い上海や杭州の日本企業をめざすのでしょうが、朱麗はわざわざ東北の大連までやってきて、アニメの下書きの勉強をしていたのです。仕事では日本語も必要で、そこで彼女はわたしの学校に通い始めたのです。わたしはそれほどアニメには詳しくありませんでしたが、日本や中国で人気のあるアニメ映画などはだいたい観ていたので、それを話題に朱麗と話す機会が多くなりました。彼女は横浜育ちのわたしに東京での就職事情などをいろいろ質問し、その後、日本の本や漫画が置いてあるわたしのアパートにも遊びにくるようになったのです。やがて彼女はわたしのために夕食をつくり、週末はわたしの部屋に泊まっていくようになりました。

「会社の寮、ひとり週末、とてもさびしい……」

つたない日本語で恥ずかしそうに言い訳する朱麗のかわいらしい顔を、いまもわたしはありありと覚えています。

「専守防衛」が国是であったはずの日本の自衛隊が、中国の最重要防護施設である三峡ダムを攻撃したということに、わたしも驚きました。追い詰められた台湾や、台湾の支援にあたるアメリカ軍なら理解できますが、日本の戦闘機部隊が直接、中国本土への攻撃を行ったということは意外でした。台湾の防衛は、日本にとってもそれほど重要であったのでしょう。三峡ダムは中国の内陸、それも四川省に近い場所にあります。ですから防備の厚い東シナ海側からＦ３部隊が三峡ダムまで達したというのは偽情報であると思いました。本当のところは攻撃に長射程の巡航ミサイルが使われたのではないかとわたしは思いました。策源地攻撃用に、日本は米軍のトマホークに匹敵する長距離巡航ミサイルを開発していたからです。しかし、CPTVがこれも否定しました。日本のF3ステルス戦闘機部隊はなんと、インド側からヒマラヤの8千メートル級の山々の陰に隠れて中国に近づき、中国国境で最も防空網が弱いミャンマー上空を経て、中国に侵入した模様だと伝えました。ミャンマー空軍の装備は古く、中国軍もミャンマーの国境は無警戒でしたから、F3部隊はその中国軍の盲点を衝いてやすやすと中国国内に侵入したのでした。F3はその高いステルス性能を発揮して中国軍の対空レーダー網をくぐりぬけ、中国内陸を高速で東進し、長沙市上空で搭載していた巡航ミサイルを発射し、その後、東シナ海への脱出を図ったと航跡図とともに伝えていました。温州上空に迫ったF3部隊を捕捉した中国防空軍は、直ちにスクランブル発進し、侵入した日本軍機すべてを撃墜し、1機も日本への脱出を許さなかったということです。現在、中国国防部の報道官が国防部内で緊急会見を行う準備をしていると、CPTVのレポーターが興奮した口調で話していました。

日本の戦闘機部隊がインド側から侵入したのであれば、インドが支援していたことは間違いないでしょう。日本とインドは準同盟の関係にあり、日印両部隊は定期的に共同訓練を実施しており、空自機もインド上空の飛行に慣れています。ということは、中国軍による台湾侵攻をけん制するために、アメリカ、インド、イギリス、オーストラリアなどが協力して日本の戦闘機部隊に三峡ダム攻撃をさせたのでしょうか。これらの国はクアッド（米、日、豪、印）やオーカス（米、英、豪）など、相互に防衛協力している国々です。今回の三峡ダム攻撃に関しては、日本の防衛当局も台湾から三峡ダムの構造や周辺の防空態勢などの情報を受けているはずなので、事前にダム攻撃の準備が進められていたのかもしれません。航空宇宙自衛隊はいずれもステルス戦闘機のF3「テンペスト」と米国製のF35A／B「ライトニングⅡ」を装備しており、このうち日英伊で共同開発されたF3が今回の攻撃に使用されたようです。米軍の主力がウクライナの有事とイランのサウジアラビア攻撃で、欧州と中東に張りつけられている状況下、米政府が台湾救済のため日本に中国への奇襲攻撃をさせたのかもしれません。なにしろ日本は太平洋戦争中、ハワイのパールハーバー奇襲をやりとげた実績がありますから。中国の指導部を震え上がらせると同時に戦争のエスカレーションを抑止するため、その得意のサプライズ・アタックをもう一度、中国本土でやるよう仕向けたのかもしれません。

その後のニュースでは、日本軍機が発射したミサイルは2発が三峡ダムに命中したものの、いずれのミサイルも不発であり、ダムの構造物に与えた損傷は軽微であると強調していました。この攻撃失敗を受けて「日本軍の第2次攻撃があるかもしれない」と中国軍の退役中将が語っていました。一方、テレビの画面は長江沿岸の住民が大きな手荷物を持ち、高台に逃げようとする様子も映し始めました。CPTVによれば、すでに中国人民解放軍のトラック数千台が避難住民を輸送するため、各地の駐屯地を出発しているとのことでした。

「もし三峡ダムが決壊すれば、水爆を何発か投下されたのと同じほどの被害がでるな。なにしろ河口の上海まで1千キロもあるんだから」

そう口にして、わたしはしまったと思いました。朱麗の実家はその長江沿いにあるのです。

「ごめんよ、気にさわること言っちゃって。ご両親はもう避難したかな」

「さっきからずっとママに電話してるんだけど、ぜんぜんつながらないのよ」

朱麗はスマホを操作しながら、いらいらした口調で答えました。

「家にはクルマがないし、年寄りもいるから簡単には避難できないの。だからなおさら心配なのよ。軍のトラックが来てくれればいいんだけど」

スマホも回線がパンクしていてつながらないようでした。くちびるを噛んだ朱麗はいまにも泣きそうな顔です。でもわたしには何もしてやることができませんでした。気がつけば、いつのまにかサイレンは聞こえなくなっていました。テレビのリポーターの声だけが大きく室内に響いていました。

《三峡ダムができるまで、長江の人びとは昔から何度も何度も大洪水を経験してきました。しかし、三峡ダムができてからその被害はなくなりました》

その言葉に反抗するように朱麗が怒りのこもった声で言いました。

「ダムの被害は小さいんでしょ。なら、あんた、ダムは絶対に決壊しないといまそこで宣言してよ！」

そして振り返ってこちらを向くや、「二郎、あなたも何とか言って！」と叫びました。こんどはこちらにとばっちりが回ってきました。わたしは彼女の前に歩み寄り、スマホをせわしなく操作している彼女の肩にそっと手を添えました。朱麗は涙をためた瞳でわたしを見上げ、そのまま胸の中にくずれ落ちると、わんわんと大声をあげて泣き始めました。彼女のおびえが震えとともに、わたしにも伝わってきました。あの時、わたしは「大丈夫だよ。ダムは決壊しないよ」と言って、彼女の背中を手でさすってやることしかできませんでした。


朝5時のニュースで重大発表がありました。

「温州上空での空戦は10分ほど前に終わりました。中国軍が全面的に勝利しました。わが国に侵入した日本軍機は全機が撃墜されました。日本に帰還できた機体は1機もありません」

実はわたしは大の航空ファンで、中学、高校生の頃、航空宇宙自衛隊のF15JやF35A戦闘機の飛行展示を目の前で見ており、また自衛隊のパイロットの能力の高さも知っていたので、その中国政府の発表を無条件で信じる気にはなれませんでした。

「いいきみ。中国に侵入した天罰よ。中国に侵入した異民族は、みな必ず天罰を受けるのよ」

トーストにバターを塗りながら朱麗が言いました。三峡ダムが無事なことを知り、彼女の興奮もようやくおさまったようです。

「それにしても不思議よね。ミサイルはどうして不発だったのかしら」

彼女が訊きました。彼女もわたしが大の飛行機好きであることをよく知っていたのです。

「わざと爆発しないように弾頭をセットしてあったんだと思うよ。不発のミサイルは、中国へのメッセージだったのさ。台湾を侵略したら、日本もアメリカも容赦しないぞとね」

「ばかみたい。そんなことしても中国はぜったいに動じないのに。こちらには本物の核ミサイルがあるのよ。もしダムが決壊したら、東京だってすぐに中国の核ミサイルの反撃で壊滅するのよ。それがわからないのかしら」

中国人の女性はすごく過激です。ここが日本の女性と大きく違うところです。

「トーストが焼けたわ。さあ食べましょ。ちょっと早すぎる朝食だけど。きょうは一日が長くなりそう」

わたしたちはコーヒーを飲みながらテレビに見入りました。夜も明け、いよいよ三峡ダムの現地から実況中継が始まったのです。蛍光オレンジの登山用ジャケットを着たリポーターが、明るくなった三峡ダムを見下ろす高台から中継を始めました。わたしはリモコンを使い、テレビのボリュームを少し上げました。

《みなさん、ご覧ください。向こうに見えるのが三峡ダムです。ご覧の通り、ダムはいつもの通りの姿で、なんら異常は感じられません。ただ、見てください、中央部のコンクリートの壁面に赤く汚れた個所が2ヵ所あります。あの部分が日本軍のミサイルが激突した場所のようです。あの赤い物質ですが、人民解放軍のこれまでの調査によると、どうやら市販のペンキと同じ成分であるようです》

CPTVのカメラはダムを斜め横から映していましたが、決してズームアップはしません。常に広角のままの映像です。おそらくダムの着弾点の近くには軍の関係者やダムの損傷を調べる専門家が集まっており、その作業の様子を日本やアメリカなど敵対国に見せないよう、望遠レンズでの撮影を当局が許可していないのでしょう。

「ペンキって、どういうこと?」朱麗がわたしに質問しました。

「おそらく昔からあるペイント爆弾のことだよ。弾頭にはふつう炸薬が入っているんだけど、それに代えてペンキを入れるんだ。それで命中するとペンキが付くんだよ。これは相手への警告のためで、こちらの言うことをきかないと、次は本物の爆弾で攻撃するぞ」って知らせるんだ。

「ばかみたい」朱麗は肩をすぼませ、吐き捨てるように言いました。

日本の横浜で小学校から高校まで教育を受けたわたしは、自衛隊が自国の防衛を超えて中国内陸まで戦闘機を侵入させ、策源地攻撃をすることなどあり得ないと思っていました。アメリカから「力の分担」を求められ、日本はついにその一線を超えてしまったのかもしれません。おそらく今回のダム攻撃では、アメリカからの強い要請があったのだろうと思います。なぜなら、航空宇宙自衛隊のF3部隊が三峡ダムを攻撃したほぼ同じ時刻、米空軍のF35A戦闘機部隊も長江上流の雲南省にある世界最大級の「烏東徳ダム」をペイント弾で攻撃していたからです。台湾占領を意図する中国に強い警告を与えるには、中国の軍事力（核兵器）に匹敵する力を持っていることを、台湾と日本も米国とともに示さなければならなかったのかもしれません。

一見、ペイント弾は子供だましのように見えますが、それなりに政治的な宣伝効果はあるのかもしれません。アメリカはダム攻撃の後、いち早く「台湾国民、ウイグル人、チベット人へのこれ以上の迫害は許さない」とのコメントを発表しています。これは数万人のウイグル人、チベット人が収容されているという中国国内の施設に電力を供給している烏東徳ダムへの攻撃を正当化する理由の一つとしています。アメリカから30分ほど遅れて日本政府も、「中国がこれ以上日本、台湾、米国にパルス弾攻撃を続ければ、日本は再び立ち上がる」との政治的メッセージを発表しました。日本単独ではこのように大胆なペイント弾攻撃などはしないでしょうから、やはり日本はアメリカから強く要請されて空爆作戦に加わったのかもしれません。

今回の三峡ダム攻撃には前段があります。中国との戦いで制空権を失った台湾が、中国軍の侵攻を阻止するために、先に三峡ダムに向けて自国の巡航ミサイルを発射しているのです。圧倒的な中国軍を前にして追い詰められた台湾軍が、その最後の抵抗を世界に示すとともに、世界が停戦に向けての仲裁に入ってくれるまでの時間稼ぎの手段として、台湾が開発した超音速巡航ミサイル「雲峰」を一度に10発も発射しているのです。しかし、台湾正面での中国軍の防御は固く、海上、陸上から発射された多数の対空ミサイルで「雲峰」8発が撃ち落とされ、防空網を突破した残る2発も三峡ダムの防護のために配備されていた対空ミサイルに破壊されたということです。中国軍が自慢して発表していましたから、きっと事実なのでしょう。台湾軍によれば、発射された「雲峰」の弾頭にはペンキが入れられていたということです。この台湾軍を支援するため、今回、アメリカと日本も同じペイント弾を使い、ダムに向けてミサイルを発射したようです。これも中国への政治的なデモンストレーションであったのかもしれません。ただし、その攻撃ルートは台湾軍の教訓を踏まえて東シナ海側からではなく、中国軍の防空網がもっとも弱いミャンマーと接する南西側からとなりました。米日ともにステルス機を使ってインド側から侵入したのです。

三峡ダムを見下ろす右岸の高台からCPTVの記者がリポートを始めました。

《この場所から観察する限り、いまただちに三峡ダムが決壊するような兆候は見られませんが、今後何が起きるか予断を許しません。長江沿岸の住民のみなさんは、ダム決壊という最悪の事態に備え、高台に住む親類の家に身を寄せるなど、ただちに生き残るためのすべを追求してください》と繰り返しアナウンスしていました。

場面がスタジオに切り替わると、ダム建築に携わる技師が三峡ダムの構造上の解説を始めました。

《今日建造されるダムは、自然災害からテロリズムといった人災まで、あらゆる事態を想定して設計が施されています。三峡ダムの場合、大型旅客機が空から突入しても破壊できない強度を持って設計されています。ですから炸薬の入ってないミサイルが激突したくらいでは、びくともしません。ダムのコンクリートの壁にわずかに傷が付く程度で、なんらダム本体には影響はありません。ただ今回の場合、非破壊検査で詳しく調べるまではダムの構造に何が起きているのかわからない部分もありますので、それまでは万が一に備えて沿岸のみなさんは退避したほうが賢明です。調査の結果、ダムの安全性に問題がなければ住民のみなさんも早

期に自宅に戻れるでしょう》

あの時、朱麗とわたしが朝食を食べながらあんなにのんびりとテレビを見ていられたのも、アナウンサーやリポーター、解説者が繰り返し三峡ダムと烏東徳ダムの決壊の恐れはないと繰り返し伝えていたからだと思います。そして中国に侵入し、三峡ダムを攻撃した日本軍機がすべて中国軍によって撃墜されたことも大きかったと思います。宿敵日本と戦った人民解放軍が、日本の戦闘機をすべて撃墜したと聞いて人民の多くが歓喜し、わが中国共産党はすごい、人民解放軍は強いと感じていたからかもしれません。

そして昼前に朱麗の実家ともようやく電話がつながり、彼女の家族全員の無事が確認できました。朱麗の両親と祖母は軍のトラックで5キロほど離れた高台にある避難所まで輸送してもらい、狭いながらも安心して寝る場所も確保できたということでした。

「ああ、心配しすぎて損しちゃった」

朱麗はそう言って笑いました。家族の無事さえ確認できれば、中国軍と日本軍の航空戦など、彼女にとっては「対岸の火事」にすぎません。その日の夕方、わたしと朱麗は気分も晴れやかに、予約していた星海広場にあるイタリアン・レストランに繰り出したのでした。いやなことは飲んで忘れようと、赤ワインのボトルを注文し、その夜はふたりで飲み明かしました。

それにしても、その後のダム決壊のことを思うと、あのテレビのリポーターたちは本当に無責任な発言をしたと思います。彼らの言葉を信じて自宅に戻り、2週間後のダム決壊による大洪水に巻き込まれ、命を落とした人もじつは多かったのです。

2

三峡ダムが決壊したのは日本軍機による攻撃からちょうど2週間後の7月20日午前2時58分のことでした。こんども真夜中でしたから、長江沿岸の住民にとってはまさに寝耳に水の出来事だったでしょう。それまで政府は「三峡ダムは安全だ」とずっと発表し続けていたのですから。

ところが、攻撃から12日目、北京政府は突如「ダムは危険な状態にある」と手のひらを返したような発表をして、住民に緊急避難を再度要請したのです。これにより長江沿岸の自治体や地域住民は大混乱に陥りました。

さらに政府は緊急事態宣言を発令して人びとに至急避難するよう命令を出しましたが、多くの住民は前回避難した際に空き巣などの被害を受けていましたから、今度はなかなか重い腰を上げませんでした。南京や武漢などの大都市では消防の救助隊を装った泥棒集団が住民の避難した住宅地に押し入り、家財をトラックに積んで根こそぎ盗むという組織的な犯罪まで多発し、この空き巣の被害に懲りていたからです。

ただ、ダム直下の住民だけは「国家1級災害救援命令」の発動により半強制的に高台に避難させられ、そのおかげで多くが助かりました。それ以外の荊州、武漢、九江などの住民の避難は遅れ、さらに真夜中にダムが決壊したため、地方政府も不意打ちをくらった状態となり、被害は拡大しました。

ＳＮＳで拡散したデマが避難を遅らせたという調査結果もあります。「中国全土から集まった窃盗団が高級住宅地を襲う準備を進めている」といった住民の不安をあおる情報がネットで拡散し、疑心暗鬼になった都市住民の避難を遅らせたということです。

ダムの決壊で山のように盛り上がった山津波は時速１００キロのスピードで長江を駆け下りました。月の出ていない暗夜でしたから、襲いかかる激流に誰が対処し得たというのでしょう。この第6波まで続いた大津波により、長江中部の沿岸では夜明けまでに１００万人以上の住民が犠牲になったといわれます。

この夜も中国全土で非常事態を告げるサイレンが鳴り響きました。わたしの住む大連市でも30分もの間、けたたましくサイレンが鳴り続きました。

日本のアニメ会社の寮は、日本軍のダム空爆後、地元の愛国団に襲撃される恐れがあるとして閉鎖され、朱麗はわたしのアパートにスーツケース一つでやってきて、ここを避難所にして暮らしていました。彼女は「こんなに快適な避難所はほかにはないわ。あなたに感謝しなくちゃ」と言って、押しかけ女房の暮らしを楽しんでいました。

そしてこの夜も2週間前と同じく、ベッドの中で朱麗とわたしはサイレンを聞いたのです。わたしたちは飛び起き、すぐに居間のテレビをつけました。画面にはすごい形相のリポーターが現れ、《三峡ダムが決壊しました!》と叫んでいました。そして《激流がやってきます! 長江沿岸の住民は大至急、高台に逃れてください!》と繰り返し叫び続けていました。

わたしのだぶだぶのＴシャツを着たまま朱麗はマネキンのように立ちつくし、テレビの画面を凝視していました。現地ではマスコミのカメラマンも現場に近づけないらしく、ビルの屋上などに固定した無人のカメラを使って中継をしていました。ドローンの映像は画像が暗すぎて状況がよくわかりませんでした。凝視して見ていると、夜の街の交差点を映していたモニターの画面に黒い影が現れたと見るや、次の瞬間、街の電灯が一斉に消え、画面は真っ暗になりました。濁流で一瞬のうちにのみこまれたようでした。

最初に犠牲となった都市は三峡観光で長江クルーズの発着点となっているダム直下のまち宜昌です。三峡ダムの下流40キロの地点にあり、ダム決壊の20分後には山津波にのみこまれ、消滅しました。しかし、深夜であったために被災した宜昌の映像はほとんど残されておらず、住民たちも暗黒の滝つぼに投げ込まれたような状態で何が起きたのかわからないまま濁流の中で藻屑のようになって消え去ったようです。

その後も長江沿岸部の悲劇はドミノ倒しのように下流へと下流へと途切れることなく続きます。宜昌の約50キロ下流の宜都、さらに50キロ先の枝江も1時間もしないうちに壊滅しました。枝江市ではメディアのヘリコプターが間に合ったのでしょう、百里洲の上空から山津波が第1波、第2波、第3波と続き、市街地に建つ高層マンションが次々となぎ倒されていくようすが赤外線カメラに捉えられ、煌々と明かりのついていた都市――おそらく住民はパニック状態になり逃げる途中であったと思われます――が、ブレーカーが落とされたようにパッと明かりが消え、暗黒の世界に変わったのは、まさに地獄に落ちた姿そのものでした。

この枝江市の先にある大都会が荊州市なのです。その近くの農村で朱麗は生まれ育ち、いまも家族が暮らしているのです。枝江市からの距離はわずか50キロ。テレビのリポーターが大声で叫んでいるように濁流が時速100キロで下っているとすれば、30分で荊州に達します。朱麗は部屋の中を行き来しながらスマホで母親と連絡をとろうとしていましたが、今回もまったくつながりません。彼女は泣き顔を隠すように両手で顔を覆ってその場にしゃがみ込むと、しぼり出すように「おかあさーん、おとうさーん」と悲痛な声を発し続けました。わたしは声をかけることもできず、うしろからそっと彼女の背中を抱きしめました。

消滅した枝江市からの中継が終わると、画面はパニック状態に陥っている荊州市からのリポートに変わりました。夜が明け、ドローンによる撮影が可能になったのでしょう、空からの映像はオレンジ色にライトアップされた荊州古城の城門から郊外に逃れようとする人びとの姿を映し出していました。「三国志」の舞台ともなった城郭周辺の道路はどこも避難しようとする荷物を抱えた群衆と無数の車でふさがり、ぜんぜん前に進めません。

この城内にはかつて朱麗が通学していた大学のキャンパスがあります。アニメが大好きだった彼女はこの場所にある長江大学文理学院で日本語を学び、卒業後に日本に行ってアニメーターになる夢を育んでいたのです。テレビのカメラマンも自分の命を守るためなのでしょう、避難者でごった返す道路には降りて行かず、城壁の一番上から見下ろすようにして撮影しています。しかし、そこが安全だとは誰にも言えません。そこまで山津波が達したらカメラマンはどう逃げるのでしょう。

荊州市は春秋戦国時代から「楚」の都として栄え、長江の水運を活用したまさに「南船北馬」の拠点都市のひとつでした。地政学的には古代の英雄たちが戦いを繰り広げた魏・呉・蜀の三国が接する地にあったことから、何千年にもわたり争奪戦が繰り広げられた場所でもありました。そのため長江沿いの要衝には荊州城が築城され、いまも城はほぼ完全なかたちで残され、その一部は世界遺産にもなっています。荊州古城は全長10キロもの城壁に囲まれ、朱麗によれば10万人以上の住民がいまも城内に暮らしているということです。ここに彼女も通った長江大学文理学院のキャンパスもあるのです。

午前5時近くになると空はだいぶ明るくなってきていました。テレビカメラが長江上流の西の方向に向けられると、夜明け前ののどかな農村の畑や水路などが映し出されました。霞がかかり山水画に描かれたような景色です。その時です、カメラ近くで叫ぶ男性の声をマイクが拾いました。

《水煙だ、水煙が見える！　鉄塔の左だ！　あれは津波だ！　津波が来た！》

直ちにテレビカメラが鉄塔をとらえ、ズームアップされると、その左側の先に黒い煙があがっているのが見えました。それは中国の大河ドラマのオープニングの一シーンのようにも見えました。中国の大地をかつて席巻したモンゴル軍の騎馬軍団による土煙のようにも見えたのです。

朱麗も泣きはらして真っ赤になった眼でその映像を凝視していました。そして突然叫びました。

「ああ、やめて！　やめてちょうだい！」

どす黒い水の塊がついに荊州市にも達したのです。夜明け後なのでこんどはテレビは決定的なシーンをリアルに撮影することができるでしょう。

「ああ、助けて！　誰か助けて！　ここにはあたしの家族が住んでいるのよ！」

半狂乱で朱麗が叫びます。

「いやよ、誰か、誰か、止めて！　やめさせて！」

荊州市は人口700万を誇る大都市です。その街がいままさに濁流に押しつぶされていました。

《ああ、神様！　なんということが起きているのでしょう！》

テレビから聞こえるリポーターの祈りも通じません。

城壁の上から市内を逃げまどう人々の姿をカメラが捉えています。爆音が聞こえるので、空には救助ヘリが何機も飛んでいるようです。その空撮映像も入ってきました。パニックになった群衆の中には、もしかしたら朱麗の友人や知人もいるかもしれません。

次の瞬間、城壁の周囲にどす黒い濁流が達し、真っ黒な山が盛り上がったとみるや、それが崩れ落ち、城壁を越えて中の人びとをのみこみました。いままで人の波であふれていた通りはただのどす黒い川に変わりました。その後も黒い川はどんどん膨れ上がっていき、水位が城壁の上部にも迫ってきます。その流れの中をまだ生きた人が乗る車がつぎつぎに流されていきます。この悲惨な映像に耐えられなかったのでしょう、朱麗は「やだよう。おかあさーん、死んじゃいや！」と叫びながら部屋の外に飛び出していきました。

数分とたたないうちに荊州市は完全に破壊されたようでした。カメラは次の大都市である石首市からの中継に切り替わりました。さらにその下流の岳陽市、そして湖北省の省都である武漢市からのリポートも随時入ってきました。ガラスの高層ビルが林立する人口１千万の巨大都市・武漢がいままさに危機に陥っているのです。この大都市が破壊されれば、地域の社会や経済に与える影響は多大なものになるでしょう。しかし、長江はその先まだ１千キロもあるのです。長江の水が東シナ海にそそぐまでの間に九江市、安慶市、南京市、蘇州市、そして上海市と大都市が数珠のように続いています。きょう一日のうちにこれら大都市がすべて水没してしまうのです。

この瞬間をネットやテレビ中継を通じて世界の人びとが注視していました。中国の国営放送ＣＰＴＶをはじめとする各局が撮影した映像は世界に衛星中継され、スペクタクル映画のシーンを観るように長江沿岸の都市や村が次々と破壊されていくようすをかたずをのんで見つめていました。同時にネットには死者を悼む言葉が世界各国の言語で書き込まれると同時に、三峡ダムを攻撃した日本軍への非難の声がＳＮＳ上にあふれていました。映像の合間には日本の東京からの中継もはさまれ、若柴首相ほか外務大臣や防衛大臣のあわてふためく動静も伝えられていました。世界中がいま中国と日本を見ていました。三峡ダムの決壊は日本政府に与えたダメージも大きいらしく、野党が一斉に若柴内閣の総辞職を要求していました。日本政府は沈黙を続け、いまも総理官邸では臨時閣議が続いているということです。このため、押しかける内外のメディアに対し、いまだ政府要人による記者会見も開かれていない状況でした。

夜明けとともに長江上流部の被害の状態がわかってきました。ダムの下流500キロの都市やインフラはすべて壊滅し、その被害規模は「水爆3発分に匹敵する」と中国軍の高官がコメントを発していました。あと6時間ほどで津波が上海まで達すると「水爆10発分の被害規模」になるということです。

南京市にはこのあと3時間で達することから、いまも住民の緊急避難が続いていました。住民の輸送用として人民解放軍のトラック3万台が動員され、このトラックが荷台に住民を満載し、一般車両の通行が禁止された高速道路を時速100キロで飛ばし、紫金山などの安全地帯にピストン輸送していました。この輸送が続けば津波が到達する前に200万人を避難させることができると試算していましたが、南京市の人口は1千万人以上で、とても全員を救出することはできません。このため、自力で脱出を試みる住民の車で道路は大渋滞となり、まさに生存は時間との戦いになっていました。郊外に逃げられない住民は高層ビルの上層階に逃げ込んだほか、長江に架かる南京長江大橋、南京長江二橋、南京大勝関長江大橋などにも殺到し、なんとか迫る大津波をやりすごそうとしていました。テレビのリポーターが発した《これは日本軍による第二の南京大虐殺かもしれません》とのコメントに、世界中の中国人から「その通りだ」「みんな、どうか助かってくれ」といった声がネットにあふれていました。

ヘリコプターやドローンによって撮影された映像は世界に中継され、この時、40億人が視聴したということです。その中継の合間、激高する中国人民の姿も映し出されました。北京ではデモ隊が日本大使館に押しかけ、石やレンガ、卵を投げつけ、天安門広場では群衆が「日本に報復を！　いますぐ東京に核ミサイルをぶち込め！」と叫んでいました。また、香港や青島、三亜などのキリスト教会では信者たちが長江沿岸の人びとの無事を神に祈るミサが早朝から続けられていました。

あの「7・20災禍」の動画はいまもネット上に多数残っているので、9年を経てもそれらを観ればあの日の大洪水の状況はよくわかると思います。ただ、映像は避難中の住民がスマホなどで撮影したものが大部分のため、どれも手ブレがひどく、映像が途中で切れてしまうものがほとんどです。しかし、それだからこそリアルで、被災した人たちの恐怖がじかに伝わってきます。

中には芸術作品のような映像もあります。明け方のまだ暗い中、街にサイレンがけたたましく響き、手荷物を抱えて逃げようとする人びとが路上にあふれています。人の波は長江から離れた高台へと向かっているのでしょう。泣き叫ぶ声や怒声をマイクはひろっています。やがて夜が明けますが、道路はいぜん荷物を手にした避難民と車でいっぱいで、クラクションがあちこちでけたたましく鳴らされています。でも人も車もゆっくりとしか進めません。その時です、市街地の奥に黒雲のようなものが現れ、それが急速に大きくなっていきます。砂嵐のようにも見えますが、それは津波の波濤です。これに気づいた人びとはパニックとなり、一斉に近くの建物に向かい、階上に逃れようとします。しかし、間に合いません。襲いかかってきた第一波の黒い山が人びとの頭上に崩れ落ち、もうそこは真っ黒なただの川になっています。人や車が流されていきます。激流が街を破壊していく音だけがその場を支配しています。屋上に逃れた人の声でしょうか、泣き叫ぶ女性の声が聞こえます。撮影中の人もその場に凍りついてしまっているのでしょう。最後に「逃げろ、水が上がってくるぞ、急げ！」という声で、画面は終わります。インターネットのユーチューブなどにはいまもこうした生々しい映像が多数残っているので、関心のある方はそれらを見てもらえば、当時の状況をリアルに知ることができるでしょう。

三峡ダムはそもそも造られてはいけない構造物であったのかもしれません。定期的に大洪水を起こす長江をコントロールするため、中国では古くから長江へのダム建設は検討されてきたということですが、毛沢東主席がそれを止めました。毛主席はダムの建設は国家に危険を及ぼすものであると見て、「頭の上に水の入った盆を置いては安眠ができない」と述べたといいます。

しかし、中国経済が大躍進中だった時代、発電技師出身だった江沢民総書記らエリートのテクノクラートたちが三峡ダムの建設を推進しました。そのあまりにも短期間での建造にだれもが不安に思っていましたが、プロジェクトは計画通りに進められました。ところがダムの完成後、その存在に対し、誰も責任をとろうとしませんでした。2006年5月に行われた三峡ダムの竣工式典には北京政府から大臣級の大物は誰ひとり参加しなかったということです。決壊したときの責任を誰もとりたくなかったのです。このように三峡ダムは当初から、不安とともにスタートした事業だったのです。こうして毛主席が述べた通り、中国は「頭の上に大量の水の入った盆を置いて」暮らさなければならなくなり、そしてとうとうその水の盆がひっくり返ったのです。

三峡ダムは世界最大級の重力式コンクリートダムでした。1993年に着工され、2009年に稼働を開始しました。70万キロワットの発電機32台が設置され、世界最大の水力発電ダムとなりました。三峡ダムの建造目的は5つあり、発電のほか、洪水の予防、ダム湖の水を北部に供給する「南水北調」の推進、全長570キロのダム湖を利用した水運、そして観光など地域振興が期待されました。しかしながら、当初からダムへの否定的な見解も多く、ダムは長江一帯の自然環境を破壊し、ダム湖の重量で大地震が引き起こされるといったうわさも絶えませんでした。そしてダム建設時の作業員の手抜き工事により、耐用年数は短くなり、いずれダムは自壊するというううわさまでありました。もちろん当局はこれらをすべて完全否定しましたが、空撮写真から三峡ダムが変形しているとの報道もありました。いずれにせよ、三峡ダムは日本の戦闘機部隊によるミサイル攻撃を受けて本当に決壊し、もはやダムの建設時の問題を誰も口にする人間はいなくなりました。すべては日本の悪行によりダムは決壊したのであって、これ以降、三峡ダム建造に関する議論にはふたがなされたのです。

世界は人類史上もっとも恐ろしい人災をリアルタイムで見せられ、この惨事が新たな核戦争につながるのではないかと恐怖におののきましたが、中国国家主席の「われわれは核による反撃はしない」という発言に救われました。その後、ニューヨークの国連本部で緊急の安全保障理事会が開かれ、世界中が中国の英断を称賛しました。日本の国連大使は喪服姿で出席し、会議の前に中国大使の前に進み出て、何度もおじぎを繰り返しながら中国被災民へのお見舞いの言葉を述べる姿がテレビ、ネットを通じて世界に報道されました。

その場面を見て朱麗が逆上し、テレビに向かって金切り声を発したのを覚えています。あの時、朱麗は「チェンダワンガ！」と叫んだのです。

「チェンダワンガ!」

日本生まれのわたしには最初、この中国語の意味がよくわかりませんでした。さらに彼女は日本の国連大使に向け、「このクソ親父、土下座して謝れ! 日本人ならハラキリしろ!」と罵声を浴びせました。興奮した時の大陸女性の気性の荒さには、正直、怖いものがあります。日本女性にはない、中国女性の強さの源です。わたしもこの時、初めて朱麗の激しい気性を知りました。

「チェンダワンガ!」の意味をあとで調べたところ、この言葉は漢字で「千刀万剮」と書き、昔からの中国の極刑を指す言葉でした。この刑は、裸にした囚人を粗い網の中に入れて宙吊りにし、網からはみ出た身体の肉の部分を被害者の一族が順番に小刀でそぎ落としていくという残酷な刑です。「千刀万剮」とは文字通り、千の刀で万の肉を削ぎ落とすという意味なのです。

朱麗は日本の国連大使を「千刀万剮の刑に処せ!」と叫んだのです。これは長江沿岸の被災者の日本人への激しい怒りを象徴する出来事でした。

背の高い人が多い中国東北人に比べ、湖北人の朱麗は小柄で、かわいらしい童顔の身体のどこにそうした残忍なマグマが隠されていたのでしょう。わたしは驚き、少し恐怖も覚えました。わたしが彼女をなだめようとすると、彼女はわたしの手を激しく払いのけ、すさまじい憤怒の目でにらみつけました。なにかが彼女の中で決壊してしまったのでしょう、彼女は強く首を振り、わたしから顔をそむけました。この強い個性も湖北人の特徴なのでしょう。

湖北人は個性が強く、負けず嫌いです。あの時の朱麗はまさに典型的な湖北人でした。彼女はわたしの中にある日本人的な性向に対し、激しい拒否感と敵意をむき出しにし、食って掛かってきました。この男には自分とは違った日本人の血が流れているのだと、本能的に彼女も気づいたのでしょう。だから彼女はあの日からわたしを遠ざけ始めたのです。

ダムが決壊する前の日、わたしたちはベッドの中で強く抱き合い、愛を確かめ合いました。そして彼女はつぶやいたのです。

「二郎、いつまでも一緒にいようね」と。

しかし、三峡ダムの決壊がわたしたちふたりの関係まで修復不能なものにしてしまいました。あの大惨事によって朱麗はほぼすべての肉親を失って、ひとりぼっちになってしまったのです。あの日以来彼女は日本を強く憎むようになり、横浜生まれのわたしさえ許すことができなくなりました。あのサイレンが鳴り響いた夜、わたしたちの愛の貯水池も同じように決壊し、そのまま無残な姿を残して干上がってしまったのです。

3

三峡ダムの決壊は、日本に事実上の外交敗戦をもたらしました。3億人が被災した大惨事をリアルタイムで目撃した世界市民の厳しい目にさらされ、世界で孤立し、針のむしろとなった日本は中国との即時の停戦を余儀なくされました。停戦条件として中国被災民に対する莫大な賠償を課せられた日本は、以後、30年間にわたりGDPの10分の1を被災者への義援金として中国に差し出さなければならなくなったのです。この賠償金の支払いにより日本の国力は急速に衰え、江州問題もあって日本はもはや世界において経済大国とは呼ぶことのできない存在となりつつあります。著名な英国のエコノミストも「30年間の賠償金の支払いが続く限り、日本はもう二度と立ち上がれなくなる」と予測しています。西側の諸国は東アジアにおけるアメリカの後退と中国の台頭に懸念を表明しているものの、大洪水によって中国国民が恐ろしい被害を被った姿を目撃しているだけに、被災者への同情もあり、どの国も表立って日本を擁護できないのが現実でした。そういった意味でテレビやネットはほんとうに恐ろしいほどの力を持っていました。人びとは自分が目撃した映像により、その後の自身の考え方や行動まで決定づけられてしまうのですから。

日本が孤立し、世界の中で窮地に立たされてしまっているのも、原因の一つは映像——ネットに投稿されたさまざまな動画——の力によるものです。濁流にのまれた動物園で浮き沈みしながら悲痛な叫び声を発し、流されていくゾウやキリン、トラ、そしてパンダの姿。長江に架かる南京大橋の上に被災民が鈴なりになって、その群衆に押し出されるように橋の上からパラパラと落下していく人びと、千年の歴史を持つ古刹の五重塔が水圧で崩れ落ちていくシーンなど、SNS上の無数の被災映像によって国際世論の意向が決定づけられ、この結果、加害者である日本は悪者とされて世界から糾弾され、ならず者国家の烙印を押され、いよいよ窮地に追い込まれてしまったのです。

現在、それらの映像は中国の小・中学校や高校の社会科の授業で、教材としても使われているそうです。4年前のダム決壊から5年の追悼式典を機に、三峡ダムが決壊した7月20日は「国家哀悼の日」と定められました。そしてこの日は第2次世界大戦中の南京事件と同じく、日本軍が中国にもたらした国家的な悲劇の日として、子供たちの脳裏に刻み込まれています。

そして来年はいよいよダム決壊から10年です。これを機に中国はさらに対日圧力を強めていくでしょう。中国はいまも日本軍が行った三峡ダム攻撃をナチスドイツのホロコースト（大量虐殺）と並ぶ《人類に対する大罪》であると世界に向けて、大声で発信し続けています。中国のこの外交攻勢に押され、日本の自衛隊の統合幕僚長と航空宇宙幕僚長が責任をとって相次ぎ自殺しましたが、これに対して世界からの同情はまったくありませんでした。

もちろん日本側も対抗措置はとっています。野党に下った保守勢力は東シナ海で最初に軍事行動をとったのは中国であると必死の反論を続けてきました。確かに中国軍によって台湾海峡で戦端が開かれたのは事実ですが、劣勢の台湾軍に加勢し、台湾の潜水艦に中国の空母「遼寧」を撃沈させたのは海上自衛隊のP1哨戒機でした。中日戦争はここから一気にエスカレートしていったのです。

この空母「遼寧」の悲劇を受けて中国共産党中央軍事委員会は全軍に「敵を殲滅せよ」との命令を発し、3日後、中国軍は報復として自衛隊の硫黄島基地と海自の空母「ひゅうが」艦隊をパルス弾で壊滅させました。この小型核兵器は敵部隊の上空で強力な電磁波を発生させ、その稲妻によって敵のハイテク装備を破壊する武器です。ですから、日本政府が抗議したような大量破壊兵器ではありません。実際、硫黄島で使われたパルス弾は基地の施設と自衛隊の航空機、無人偵察機を破壊しただけで、人的な被害はごくわずかでした。これに対し、台湾と日本によって撃沈された中国空母「遼寧」では600名以上の水兵の命が失われたのです。どちらがより残虐であったかは世界の人びとも直ちに理解したことでしょう。

わたしは外交問題の専門家ではないので、あの戦争で中国と日本のどちらが悪かったか軽々しく口にすることはできませんが、素人目に見ても垂直離発着型のF35B戦闘機や、隠密性の高い高速潜水艦などハイテク面では日本の自衛隊の方が優越しており、中国軍はその劣勢を覆すため、敢えてパルス弾を使ったのではないかと思います。ところが、ここで予想外だったのが日本国民の反応でした。核アレルギーの日本人の多くが激高し、中国の核の先制攻撃に対し、即時の報復攻撃を政府に要求したのです。確かに広島と長崎に原爆を落とされた被爆体験を持つ日本人は、中国の核――パルス弾――使用に冷静ではいられなかったのでしょう。逆上し、ヒステリックになった右翼団体は連日、国会や防衛省に押しかけ、中国への報復と早期の核兵器の開発・装備化を要求したのです。

困り果てた日本政府はアメリカのブキャナン大統領に米軍が保有する核パルス弾の提供を要請しました。しかし、核兵器のエスカレートによって米中の全面核戦争にまで発展することを恐れたアメリカ政府は、これを拒否する代わりにペイント弾を使った三峡ダム攻撃を日本に提案したのです。中国系のウー大統領補佐官のアイデアであったとも言われています。いずれにせよ、自衛隊が中国に対して三峡ダムを破壊できる能力を示せば、それは核兵器を所持するのと同等の力を示すことになるとブキャナン大統領は若柴首相に伝えたのです。このペイント弾攻撃が成功すれば中国も停戦交渉のテーブルに着くはずだと米国は考えたのです。

あの当時、アメリカはNATO加盟をめざすウクライナをめぐってロシアと激しく対立していました。さらにイスラエルがイランの核ミサイル基地を空爆し、これに対抗してイランがホルムズ海峡を封鎖する事態になり、現地に極東から米艦隊が急派されていました。そのような状況下でアメリカ軍は欧州と中東の対処に手いっぱいで、とても日本の尖閣奪回を手助けするどころではなかったのです。東シナ海戦争ではアメリカは中国との全面戦争だけは避けたいと考えていました。実のところ、局地紛争である日中戦争も手っ取り早く終わらせたかったのです。アメリカは台湾の防衛をより重視していたからです。

そんなわけで三峡ダムへのペイント弾攻撃も「アメリカに助けてもらいたいなら、そのくらいのことはしてみせろ」と、日本は力による分担をアメリカから強く求められていたのです。かつてアメリカは中国の圧政に直面した香港を見捨てています。そしていま台湾を見捨てれば、世界の自由主義陣営がアメリカに失望し、一斉に離れていくでしょう。アフガンを見捨て、ウクライナを見捨て、さらに台湾を見捨てれば、アメリカは友邦国をも放棄する信用できない国に成り下がってしまいます。ブキャナン大統領はそれを一番恐れていたようでした。

核の脅しを続け、周辺国に対し恐怖と混乱を煽る中国に対し、通常の戦力で反撃し、相手を圧倒する力で日米の意思を受け入れさせるためには、西側の自由主義陣営が「こちらには攻撃のエスカレーションが控えている」と中国に圧力を加え、恐れさせねばなりません。そこでブキャナン大統領は水面下で若柴総理に対し、敵の策源地へのペイント弾の使用を提案していたといいます。このペイント弾——弾頭に炸薬の代わりにペンキを詰めた弾薬——を使った示威攻撃は、かつて第4次中東戦争中、イスラエル軍がエジプト軍に対して使った戦術でした。イスラエルはシナイ半島を進撃してくるエジプト軍の機甲軍団を食い止めるため、エジプトのナイル川上流にあるアスワン・ハイ・ダムを空爆したのです。もしナイル川を堰き止める巨大なダムが決壊すれば、下流にある首都カイロなどの大都市は壊滅します。驚愕したエジプト政府はイスラエルに向けて進軍中の戦車軍団をやむなく止めたのでした。この時に使われたのがペイント弾だったのです。若い頃イラク戦争に従軍した経験があるブキャナン大統領はこの戦史をよく覚えていて、若柴総理にペイント弾を使った攻撃をもちかけたのかもしれません。同時に大統領はインド洋に浮かぶディエゴガルシアの米軍基地の自衛隊機の使用も許可しました。中国本土には日本正面の東シナ海側から侵入するのでなく、中国の裏庭で警戒レベルが最も低いミャンマー側から侵入すれば中国を出し抜けるはずだと伝えたそうです。この航空作戦にはクアッド（米、日、豪、印）の全面的な軍事協力があったと報じられています。

そんなわけで航空宇宙自衛隊のＦ３テンペスト戦闘機で編成された三峡ダム攻撃隊は、豪州空軍との演習を名目に、まずオーストラリアのダーウィンに向けて飛び、そこから密かにインド洋のディエゴガルシア基地へと進出したのでした。ここで同じく長江上流にある「烏東徳ダム」に対してペイント弾攻撃を行う米空軍のＦ35Ａ部隊と合流し、作戦の打ち合わせを行った後、日米の部隊は最後の燃料補給地となるインド・アッサム州のグワハーティー空軍基地に前進しました。そこで作戦決行の時を待ち、出撃命令が下った後はインドからミャンマー北部を東に向けて横断し、中国の雲南省に侵入したのでした。この一帯はヒマラヤ山系の高い山々が連なり、その山陰を飛ぶステルス機をレーダーで探知することはまず不可能です。日米部隊はなんら妨害を受けることなく中国本土への侵入を果たし、それぞれの攻撃目標に向かったのでした。この米日豪印クワッド4ヵ国共同による航空作戦は『西遊記』の孫悟空が乗った雲の名前から《筋斗雲作戦（オペレーション・フライング・ニンバス＝ＯＦＮ）》と名づけられたのでした。

じつはこれ、数年前に米国のワシントン・ポスト紙が報じたスクープ記事の内容です。中国の新聞や雑誌でも転載され大きく報じられたので、ご存じの方も多いでしょう。レイモン・セインツベリーという記者がブキャナン大統領の元側近の証言をまとめ上げたもので、昨年、本になって出版もされました。それによると、ブキャナン大統領は日米の戦闘機部隊が行った巨大ダムへのペイント弾攻撃の成果を受け、中国政府にすかさず和平案を提示して東シナ海戦争を早期に終結させ、自身の名を世界の歴史に燦然と残そうと目論んでいたということです。

当時、ブキャナン大統領の頭にはかつて核戦争の一歩手前までいった米ソの「キューバ危機」でのケネディ大統領の決断があったといいます。ケネディに倣い、中国に対しこれ以上の武力行使があればアメリカは断固として相応の反撃を行うと強いメッセージを送ったのです。その意思表示の一つがあの三峡ダムと烏東徳ダムへのペイント弾攻撃だったのです。

しかし、このペイント弾攻撃の結果はみなさんも知る通り散々な結果に終わりました。アメリカはかつて、日本軍にハワイのパールハーバーを攻撃するよう仕向けて大惨事を被る大失敗を犯したのと同じく、こんどの三峡ダム攻撃も、予想外のことにダムが本当に決壊してしまい、アメリカは日本との共謀者として世界から非難され、ついには東アジアからの撤退を余儀なくされました。その結果、ブキャナン氏は野党民主党だけでなく、与党共和党の議員からも集中砲火を浴び、1任期で大統領職を退くことになりました。一方、休戦後の「新下関条約（新馬関条約）」で日本から莫大な賠償金を勝ち取った中国は、米軍が去った東アジアに堂々進出を果たし、西太平洋から東南アジアにかけて大きく勢力圏を拡大していくことになります。日本との間に江州問題などは残りましたが、今日、この地域での中国の勢力拡大はゆるぎないものとなっています。

あの洪水でわたしの大連での生活も大きく変わりました。中日間の戦争の拡大とともに大連の経済技術開発区に進出していた日本企業は次々と撤退していき、もはや大連市内で（いえ、中国全土で）日本語を学ぼうとする中国人の若者など皆無になりました。そして中国在住の日本人は国家安全法により、監視の対象となりました。それまで同僚であり、友人であった中国在住日本人の言動についても、わたしたちは定期的に当局に報告しなければならなくなったのです。その余波を受け、日本企業の工業団地近くにあった私の勤める職業訓練学校の日本語クラスは閉鎖され、そこで日本語を教えていたわたしも同時に失職したのです。

しかし、わたしは横浜に戻るつもりはありませんでした。横浜中華街の友人たちから負け犬扱いされるのが嫌だっただけでなく、この中日戦争で日本国内でも在日中国人への風当たりが激しくなり、露骨に差別されるようになっていると聞いていたからです。中国人が多く住む横浜や神戸、長崎の中華街には連日、拡声器を手にした右翼団体が押しかけ、「シナは日本から出ていけ！」とヘイトスピーチを繰り返しているということでした。日本人と中国人の間で暴力事件も起きていて、日本を脱出する中国人留学生がいまや急増していると聞いています。いくら無職の身とはいえ、そんな場所にわたしは戻る気はなかったのです。

大連はこれまで中国中で最も親日的な街と言われてきました。日本企業の進出もずば抜けて多く、常時5

千人以上の日本人駐在員とその家族が暮らしていました。観光客も含めると市内には1万人以上の日本人がいて、大連は日本人には特に住みやすい街として知られていました。ちょうど横浜に中華街があって中国人にとって居心地が良いのと同じく、大連市は日本人にとって異国でありながら安心してくつろげる特別の街だったのです。

わたしが初めて大連に長期滞在したのは2015年の夏、11歳の時でした。大連には母の実家があったので、それまで何度か連れてきてもらっていましたが、幼かったのと短期間の滞在であまり印象には残っていませんでした。しかし、小学校5年生の夏、はじめて一人で叔母さんの家に長期ホームステイしたのです。それは中国東北部にルーツを持つ李家の歴史を現地で学ぶよう両親が仕向けたものでした。あの時大連には1ヵ月近く暮らし、海と山と港に囲まれ、ロシアや日本とも関係が深い歴史ある大連市の素晴らしさを隅々まで知ることができました。あの時以来、わたしにとっても大連は横浜に次ぐ第二のふるさとになったのです。

夏の大連は空気が澄みわたりとてもさわやかで、日本でいえば北海道の札幌によく似ています。叔母は日本の長崎や神戸、横浜などに中華食材を輸出する小さな貿易商を営んでいました。叔母の一人息子である李玉くんがホームステイ中、わたしの世話係を務めてくれました。李玉くんは一歳年上で、わたしとは反対に中国で日本語を学んでいたので、滞在中はふたりともつたない中国語と日本語を織り交ぜ、中日ちゃんぽんで会話をしながら街中を遊び回っていたことをよく覚えています。本当に楽しい夏休みの体験でした。

大連市は人口600万人の大都市で（横浜市の約2倍）、市の中心部には高層ビルが林立していますが、一方でとても自然豊かな街です。北には街のシンボルである大黒山がそびえ、南には星海湾が開けており、春には街路樹のアカシアの白い花が一斉に咲き誇り、市民はお花見を楽しんでいます。冬は雪が降り、気温は零下15度くらいまで下がりますが、地下鉄など交通網が発達しているので年間を通して生活は快適です。少し郊外に足をのばせば、日露戦争の激戦地だった「203高地」がある旅順の史跡巡りなどもできます。大連港には中国有数の造船所もあって、中国海軍の空母や強襲揚陸艦が建造されるなど、軍港としての顔も持ち合わせています。東シナ海戦争で日本の沖縄・石垣島沖まで出撃した中国で二番目の航空母艦「山東」もここ大連で建造されました。

この異国の街で過ごした11歳の夏は毎日がほんとうに楽しくて、李玉くんとの冒険のあれこれはいまも瞼の裏に鮮やかに残っています。森林動物園ではパンダやトラ、オオカミなどを見て回り、聖亜海洋世界ではシロクマやペンギンなどを追いかけました。星海湾では一緒に海水浴も楽しみました。星海湾では沖合に全長7キロの大きな橋がちょうど建設中で、その形状は東京のレインボーブリッジと千葉のアクアラインを合わせたようなデザインで、子供心に「中国は何をつくってもすごいな」と思ったものです。

夏いっぱい、うるさい男の子ふたりの面倒をみてくれた姚叔母さんには本当に感謝しています。あの夏、一緒に遊んだ李玉くんはその後、わたしとは正反対の道を歩み、高校を出た後は日本に留学しました。慶應義塾大学の商学部を優秀な成績で卒業した後、都内の商社に就職し、いまは丸の内勤めのサラリーマンとなっています。ベイエリアの豊洲にタワーマンションを購入し、以前から「いちど遊びに来いよ」と誘われていますが、戦争が勃発したため、お互いそれどころではなくなりました。李玉くんも日本では中国人としていろいろ苦労しているようですが、彼は「中日両国の平和回復のために自分も頑張る」と大連の母親には伝えているということです。再会できたら李玉くんとゆっくり話をしたいところですが、いまは江州問題などもあって中日間での往来が難しく、彼とはこの10年一度も会っていません。

さて、わたしのほうは3年勤めた大連職業訓練学校をやめた後は、姚叔母さんの貿易の仕事を手伝いながら求職活動を続けていました。叔母さんの仕事も中日戦争の余波で日本への食材輸出が難しくなり、新たに朝鮮や東南アジアに販路をひらく手伝いをわたしがすることになったのです。しかし、叔母さんには申し訳ありませんが、わたしはその仕事を長く続ける気持ちはありませんでした。戦争がおさまれば職業訓練学校の日本語クラスも再開されると聞いていたので、それまでの腰掛けの仕事のつもりでした。退職後もメールをやりとりしていた元上司から「再開の際は元教員の復職が優先される」と聞いていたので、そちらに期待していたのです。

日本と関係が深い大連市には、中国人の若者を「技能実習生」として日本国内の企業に派遣する制度があり、職業訓練学校とこの技能実習生派遣のシステムは一体化しています。職業訓練を終えた若者は大連市内にある日本企業に優先的に就職できるほか、希望すれば日本国内の企業にも派遣してもらえます。その渡航費用などは日本企業がすべて出してくれるので、お金がなくても日本に行けるのが最大の魅力です。そして日本では中国よりも高い給料が得られるので、倹約して貯金をし、中国に戻って家を建てるような長期計画も立てられるのです。そんなわけで東北の各地方から大連には若者たちが集まり、将来に向けて技能実習生になることを希望していたのです。

わたしが付き合っていた朱麗も、この大連市の技能実習生制度を利用し、日本のアニメ会社への就職を希望していました。彼女は「となりのトトロ」や「ルパン三世」などの日本アニメが大好きで、そのアニメの下請けをしている日本企業が大連にあると知り、わざわざ湖北省の荊州から遼寧省の大連まで国内留学をしていたのです。じつは彼女、中学生の時に日本への短期留学の経験があります。彼女の故郷荊州市と日本の福島県会津若松市が姉妹都市であったことから、両市の「中日交流学生制度」により朱麗は中学生の頃に会津若松市を訪れ、短期ですが日本文化を学ぶ経験をしています。そこでジブリなど日本のアニメに夢中になり、以来日本でアニメ制作にかかわることが彼女の夢となったのです。

成績も優秀だった朱麗は帰国後、日本の文化や言葉の勉強も始めました。彼女は荊州市にある長江大学に進み、文理学院外語学部で日本語を専攻しました。家が農家で裕福ではなかったため、奨学金を得て大学生活を送ったということです。その奨学金の返済をするため、給料がよく、日本に行く足掛かりになる大連の日本企業に就職したのです。大連で彼女は会社の寮に入り、毎日9時―5時で働き、仕事を終えた後は大連職業訓練学校の夜間日本語クラスで日本の勉強を続けました。そこで朱麗とわたしは出会ったのです。

わたしたちは教師と学生という関係でしたが、当時、ともに25歳の同い年で、最初からとても気が合い、友だちのような関係で交際はスタートしました。湖北省出身と聞き、頑張り屋であると同時に気の強い女性なのではと思いました。湖北人はルールを守らない無法者で、自分がすべてにおいて正しく、すぐに興奮し、怒り出す性格だとわたしは聞いていたのです。しかし、朱麗はぜんぜんそんなところはなく、日本のアニメを信奉するだけにむしろ繊細な日本人的な性格で、なにより自分の夢を実現するために未知の土地で女ひとりで頑張っている姿にわたしは強く惹かれました。

彼女のほうも横浜生まれのわたしから日本のことをいろいろ聞きたくて、授業の後にちょくちょく質問してくるようになり、まもなくわたしたちはクラスが引けた後に一緒に夕食をとるようになりました。職業訓練学校はまちの北東部、金州区の大連経済技術開発区内にありました。この地区は1984年に開設された大連の新都心で、三菱電機、キヤノン、TOTOといった大企業をはじめ日本から約600社が進出していました。この日本の工業団地にはテレビや映画、ゲームなどのエンターテインメント産業も進出していて、朱麗はアニメの下請け会社に就職し、そこで絵コンテなどの技術を磨き、日本行きを目指していたのです。

わたしたちは共に大連に一時滞在する異邦人同士であったため、デートする先々はどこも新鮮で、毎週のように市内のあちこちを歩き回りました。あんなに大連中を歩き回ったのは小学生の頃に李玉くんと夏休みを過ごして以来です。しかし、朱麗とは大人の男女の付き合いでしたから、デートにふさわしい場所を選びました。金石灘の黄金海岸の浜辺を歩いたり、景色のいい東山観景台から山道を下って海辺の海貝広場までウオーキングをしたりと、週末はふたりでいる時間を楽しみました。そして夜は繁華街の五彩城などに繰り出して、日本風の居酒屋で朱麗に和食を体験させたりと忘れられない時間をすごしました。いま振り返れば、ふたりにとってあの頃が一番楽しかった日々であったように思います。土日はたいていロシア風情街など異国情緒のある場所でデートし、時にはかつての日露戦争の激戦地だった旅順などにも足を延ばしました。そして土曜の夜、朱麗はわたしのアパートに泊まるようになり、月曜の朝まで一緒に過ごしました。まだどちらも口には出していませんでしたが、ふたりともあの時期、結婚を意識していたと思います。

あの幸せな日々を奪ったのが中日戦争でした。大連開発区の日本企業は次々と撤退していき、わたしだけでなく、朱麗もアニメの下書きの仕事を失い、夢をあきらめなければならなくなったのです。とどめを刺したのが三峡ダムの決壊です。あの長江の大洪水で彼女は両親、そして親族の多くを失いました。彼女はわたしのアパートで毎日泣き明かしていました。言葉もあまり交わさなくなり、睡眠中もうなされていました。わたしは彼女が心配でたまりませんでしたが、自分の方も失職してしまい、彼女にどうしてやることもできませんでした。

私は叔母の仕事を手伝いながら就活をしていましたが、その前にしなければならないことがありました。それは朱麗を故郷の荊州市に帰してあげることです。三峡ダムの決壊から1ヵ月がたち、長江の洪水もだいぶ水が引いていました。被災地では被災者の親族と救援活動にあたるボランティアに限って現地入りすることができるようになっていたのです。

彼女の親類からの連絡によれば、朱麗の両親は1ヵ月たったいまも行方不明のままでした。そして彼女の自宅も跡形もなく破壊され、帰っても住むところはありません。現地では仮設住宅の建設も始まっていましたが、希望する世帯が何十万もあるため、いまの状況では2、3年は待たねばならないということでした。

それでも朱麗は故郷荊州に戻ることをただ一つの心の支えにしていたのです。

「わたし、おとうさんとおかあさんのそばにいてあげたいの」

涙をぽろぽろとこぼしながら彼女はそう訴えたのです。

「わかった。ぼくが必ず連れていってあげるよ。一緒に荊州へ行こう。お父さんとお母さんのいる場所に」

わたしはそう彼女に約束したのです。

朱麗は心身ともに疲弊していました。彼女はやせて小さく見えました。唯一の希望は一時でも早く故郷に戻ることでした。そこでおそらく亡くなっている両親の供養をしてあげることがいまの彼女の望みだったのです。

その願いは9月になってようやく実現しました。長江の水が引き、涼しくなって疫病の恐れもなくなったため、親族にかぎり被災地入域が認められたのです。そのほかは医療従事者と各自治体派遣のボランティアのみが被災地に入れるということでした。そこでわたしは大連市が募集していた被災者救援ボランティアに志願し、朱麗に同行して荊州市に向かうことにしたのです。

湖北省の被災地にはすでに国際赤十字の医療団をはじめ、世界中からNGO組織が現地入りしていました。驚いたことに朱麗は被災者親族としてではなく、わたしと同じ一般のボランティアとして志願したのです。「わたし、いままで両親には何もしてあげられなかったから、せめて生き残った地元の方たちのために自分も働きたい」

それが朱麗の本心のようでした。

ボランティアが乗る貸し切りバスは大連駅前から毎朝9時に出発していました。準備の整ったわたしたちは遼寧省派遣のボランティアを示すグリーンの帽子をかぶり、バスに乗り込みました。そしてまる2日間かけ、湖北省荊州市に向かったのです。

荊州市は朱麗が学生時代の4年間暮らした街です。シンボルとなっている荊州古城は『三国志』の時代、蜀の将軍だった関羽が築いたのが最初といわれています。荊州は古くから経済の大動脈で、「四通八達の地」として知られる要衝でした。現在ある高さ8メートルの城壁は清の時代に順治帝が修復し、城内には関帝廟も建立されています。この荊州古城は長江の大洪水で全面的に土砂に埋もれてしまっていました。その排除作業を各地から集まったボランティアたちが人力で行っており、わたしたちもその作業に加わる予定でした。

じつは荊州はわたしたち母子にとっても思い出の地です。母に女手一つで育ててもらい、わたしが大連大学を卒業し、大連職業訓練学校に就職した際、最初にもらったボーナスでわたしは母を「三峡下り」のツアーに招待したのです。そのクルーズの途中、荊州にも立ち寄ったのです。

大連で無事に就職できたので、最初のボーナスで「何か記念にプレゼントしてあげるよ」と母に電話で言うと、「それなら久しぶりに家族旅行がしたいね」と言ったのです。「昔、お父さんとお前と3人で桂林の漓江下りをしたから、こんどはお前と一緒に三峡下りをしたいわ。位牌になっちゃったけど、お父さんも一緒に連れていってあげようね」

そんなわけでもう12年も前ですが、母と一緒に長江を船で下ったのです。わが家の家族はみな船旅が好きでした。両親は若い頃横浜から大連まで豪華客船でクルーズしたこともあるのです。そしてわたしが小学生1年の時、広西チワン族自治区の桂林で漓江下りを一家で楽しんだのです。山水画のような山々が美しく、その時の旅行がよほど楽しかったのか、母はそれから「次は三峡下りね」とずっと言い続けていたのです。

それで就職記念の家族旅行ではわたしも奮発し、「3泊4日の長江・三峡の旅」を横浜の母にプレゼントしたのでした。

三峡では李白ゆかりの万州はそのままでしたが、劉備が一時滞在したとされる白帝城はダム湖に浮かぶ島になっていて、想像していたのとは違う景色でしたが、母は豪華客船による船旅を本当に喜んでくれました。

三峡ダムの通過は水門で船を上下させるエレベーター方式になっており、この船の上下移動中、ツアー客は近くの展望台から三峡ダムを一望しました。巨大なダムの威容に圧倒され、あの時は本当に中国の底力を感じたものです。そのダムに3年後、まさか日本の航空宇宙自衛隊のF3戦闘機が巡航ミサイルで攻撃することになるとは、あの時は夢にも思いませんでした。

あの母との三峡下りの旅からもう12年がたちました。月日が過ぎるのは本当に早いです。あの船旅では、母とわたしは3日間かけて長江上流の重慶から下流の武漢まで船旅を楽しんだのです。

武漢と言えば、みなさんは2020年のコロナウイルス災禍のことを思い出すかもしれませんが、中国人にとって武漢といえば毛沢東主席の長江遊泳のほうがずっと有名です。1966年7月16日、毛沢東主席は武漢市のイベント「長江遊泳活動」に加わり、武漢市民と一緒に長江を泳いだのです。両岸の群衆が「東方紅」を合唱する中、72歳の毛沢東主席は5千人の市民と長江に入り、元気に泳いだのです。川から上がった毛沢東主席は「長江の川の水はとても甘かった」という言葉を残しました。しかし、2020年、武漢市は新型コロナウイルスの発生地として世界から汚名を着せられ、さらに2029年7月20日の三峡ダムの決壊に伴う大洪水では長江に架かる大橋が落ちて2万5千人もの市民がなくなったことで再び武漢市はイメージを悪化させました。わたしの家族にとって大切な思い出の地である武漢市が国内外の人びとから悪く言われるたび、わたしは自分のことのように悲しい気持ちになったものです。

朱麗とわたしを乗せたボランティアバスは一昼夜高速道路を走り続け、翌朝、湖北省中部の江漢平原に入りました。この見渡す限りの大平原は大小さまざまな河川が縦横に流れ、車窓には次々に湖沼が現れては後方に消え去ります。まさに「南船北馬」を象徴する土地です。ここには長江の洪水の拡大を防いだ洞庭湖があり、いよいよ長江本流に近づいてきたことがわかります。やがて田畑には洪水の跡が現れはじめ、被災して破壊された町や村を通過し、住民の避難所となっている学校や突貫工事で建設中の仮設住宅なども目に飛び込んできました。学校や公民館など、残った建物はどこも被災者でいっぱいのようでした。

この平原はまっ平で、津波が広く速く押し寄せたことが素人目にも理解できました。点在する民家はことごとく破壊されており、田んぼや畑は一面泥で埋まっています。道路や橋も壊れたままで、川に行き当たると人民解放軍の工兵たちが架設した鉄橋を渡って先に進みました。泥で埋もれた道路はどこもひどく、バスは激しく揺れ、夕方、目的地のボランティア宿営地に着いたときには乗車していた人たちはみなくたくたでした。そこは高台にある中学校の体育館で、グラウンドには被災者用のテントが建ち並んでいました。体育館の入り口でボランティア登録を済ませたわたしと朱麗は、市の職員から毛布を2枚ずつもらい、それを体育館の板の間に広げ、仮の寝床にしました。夕食としてパンと缶入りスープの配食を受けた後は何もすることがなく、わたしたちは黙って毛布の間に入り、朝まで眠り続けました。

夜明けの朝5時、銅鑼がけたたましく鳴らされ、ボランティアの第1日目が始まりました。わたしたちは顔を洗ってカップ麺の朝食を済ませると、そこに人民解放軍の大型トラックが次々とやってきました。汚れた車両の荷台に座り、わたしたちは荊州の市街地に向かいました。有名な荊州古城も津波の直撃を受け、大北門や蔵兵洞なども土砂に埋もれていました。その土砂の排除がボランティアの仕事です。荊州は世界的な観光地でもあるので、お城の復興は市の財政にも直接関係してくるのでしょう。

城内の路地には大型車両は入れないため、土砂排出の作業は人力でするしかありません。その主力は「棒棒（バンバン）軍」と呼ばれる地方からの出稼ぎ労働者たちでした。彼らはわたしたちのように手押しの一輪車などは使わず、天秤棒に土砂をのせ、自分の肩で運んでいました。それで「棒棒軍」と呼ばれていたのです。わたしたちも彼らに交じって城内に堆積した土砂を城壁外に捨てにいく作業に着手しました。これは見た目以上に重労働でした。コンクリートのように固まった泥をクワで崩し、それをスコップで一輪車にのせ、100メートル以上も離れた泥の集積場所まで運ぶのです。すぐに筋肉が悲鳴をあげはじめ、翌朝、身体中が痛くて立ち上がることができないほどの筋肉痛にわたしたちは苦しむことになりました。作業を始めるまではボランティアの仕事がそんなに過酷な労働であるとはまったく知りませんでした。

被災者の親族である朱麗は、1週間後、当局の許可をとり、自宅があった荊州市郊外の三洲鎮五弓村に向かいました。村は荊州から車で30分ほど離れた長江沿岸にあり、周囲は川や湖沼が多くある農耕地ということです。彼女が一年半ぶりに訪れた故郷は大洪水によって見渡す限りの荒廃した土地となり、ところどころに見える塚は、発見された遺体をその場で葬った場所であるということでした。この地域の自慢は「中国における稲作の発祥の地」ということでしたが、秋の収穫期でありながらその面影はまったくなかったということです。村長は村の復興の先頭に立ち、「稲作を復活させ、村の誇りを取り戻そう」と生き残った住民たちを励まして回っているそうです。

朱麗は村のトラックに乗せてもらい、自宅があった五弓村も見てきたと悲しそうに言いました。一帯はひどい荒れ地となっていて、自宅のあった場所さえ判別できなかったといいます。朱麗は仮設の村役場を訪れ、両親の写真を生き残った村人に見せてその行方を尋ねましたが誰も知りませんでした。遺体も収容されていないということでした。朱麗はある日、隣村で親戚の老婦人に出会いました。その婦人は娘の出産で村を離れていて助かったということでした。老婦人は言いました。

「あら、あんた、若い頃のお母さんそっくりだね。あんたのお母さんの黄佳さんは五弓村で一番のべっぴんさんだったんだよ。あんたもほんとうにきれいだ」と言われ、号泣したそうです。

荊州に来て朱麗はつらい毎日を送りました。まったく希望の持てない日々は彼女にとっては拷問と同様だったでしょう。2週間たっても彼女は両親の手掛りを何ら得ることはできませんでした。そこで再会した親戚とともに、彼女は自宅があったらしき場所に瓦礫を積み上げ、仮のお墓を造ってきたと話し、また激しく泣きました。そして、これからは生き残った伯母とともに村の仮設の家に住むことにしたと話しました。

わたしは1ヵ月間のボランティア期間中、朱麗とできるだけ行動を共にし、彼女を励まし続けました。朱麗も両親の仮のお葬式を済ませた後はボランティア活動に再び精を出し、わたしたちと共に荊州古城からの土砂排出の作業を続けました。両親を失った悲しみを仕事でまぎらわせるため、彼女は敢えて自分の肉体をいじめ続けていたのかもしれません。

そしてとうとうわたしが大連に帰る日がきました。荊州駅前の広場でわたしがスーツケースに座ってバスを待っていると、そこに朱麗が大きなスイカを手に提げ、見送りにきてくれました。

「ごめんね、二郎、一緒に行けなくて」

「いいんだよ。お父さんとお母さんの側にいてあげて。そして落ち着いたらまた大連に来ればいい。ずっと待ってるよ」

彼女は小さく首をふりました。

「ううん、もう行くことはないと思う。大連にも日本にも。これからは自分の生き方を変えなければならないから」

これが朱麗との永遠の別れになりました。

朱麗のうつむいた頬に涙がつたい、夕陽を映して赤い二本の筋になりました。わたしは彼女を抱きしめようとしましたが、彼女は身を引いてこばみました。それが彼女のわたしへの落胆と絶望、怒りの発露であると気づいたのはそれからずっと後になってからです。すでに彼女はもうわたしには手の届かないところにいってしまっていたのです。

三峡ダムの決壊はこの国に数知れぬ悲しみをもたらしましたが、朱麗とわたしの別れも、そんな一つであったように思います。両親を失った彼女の悲しみにくらべれば、わたしの悲しみなどささやかなものにすぎませんでしたが、それさえ洪水の跡のようにわたしの心にも荒涼とした風景を残したのです。

4

大連の下町、西安路のはずれで小さな貿易会社を営んでいる姚叔母さんを手伝っていたわたしに新たな仕事を持ってきてくれたのは大連職業訓練学校時代の上司でした。

戦争の勃発により人民解放軍から持ち込まれる日本語文献の翻訳の仕事が急増しているので、その翻訳の仕事をわたしに手伝ってもらいたいとの誘いでした。人民解放軍の仕事と聞いてわたしはちょっと警戒しましたが、無職の居候としては背に腹は変えられず、結局引き受けることにしました。オフィスでの9時－5時の仕事で、残業はなしというのも好条件でした。

これを機に、中国軍の大連総司令部での「翻訳官補佐」としてのわたしの新たなキャリアがスタートしたのです。当時はまさかその仕事が10年も続くとは思いませんでした。ただ言えることは、確かにその翻訳の仕事はわたしにとって水が合っていたということです。

軍の仕事なので、職員の採用に当たってはそれなりの審査があったのだと思います。なにしろ、わたしは日本生まれ日本育ちの人間で、スパイと見られてもおかしくない経歴なのですから。わたしは中国の国籍を有していますが、横浜で生まれ、18歳まで日本で暮らしており、日本人とまったく変わりません。これまで中国政府や中国共産党にかかわる仕事や活動もしたことはいっさいなく、普通の日本人として暮らしてきました。趣味は飛行機の撮影で、自衛隊の航空祭に行くのがなにより楽しみな中学・高校生時代を送ったのです。そんなわけで、わたしにはSNSやブログを通じて知り合った自衛官の知り合いもたくさんおり、人民解放軍としてはわたしを日本のスパイと警戒してもおかしくない部分もあったと思います。いまもわたしの古い友人の多くは日本人ですし、中学・高校の同級生の中には警察官や自衛官になって日本政府のために仕事をしている人間もいますので。

でも、そうした部分を差し引いても、人民解放軍にはわたしという人間に対して利用価値があったようでした。おそらく大連職業訓練学校に提出したわたしの履歴書を軍も見て判断したのでしょう。わたしが日本の陸・海・空自衛隊の航空機やミサイルなど各種航空装備品に精通していたのが最大の理由であったと思います。日本の防衛省・自衛隊の文献を中国語に正しく翻訳するには、わたしのような人間――航空機のオタク――が適任だったのだと思います。

軍がわたしの採用を決断したのは、わたしが高校時代にネット上に開設していた自衛隊航空機に関するブログ『スカイノーツ ―空を飛びまわる奴ら―』を見たからだと思います。これは中学2年から高校2年の時まで3年余り続いていた航空ファン向けのブログです。このブログはすでに閉鎖されてしまっていますが、中国軍のデータ保存用のクラウドにはきっと残っていたのでしょう。

わたしは船だけでなく飛行機も大好きで、中学生の時代から自衛隊の航空祭巡りを一番の楽しみにしていました。地元神奈川県には在日米軍と海上自衛隊の厚木航空基地があり、東京には米軍の横田基地や陸上自衛隊の立川駐屯地、埼玉県には航空宇宙自衛隊の輸送機が配備された入間基地、千葉県には海上自衛隊のパイロットを養成する下総航空基地と哨戒ヘリの館山航空基地、陸上自衛隊第1ヘリコプター団が所在する木更津駐屯地、そして茨城県にはF2戦闘機（その後、最新鋭のF3戦闘機も！）が配備された百里基地がありました。わたしはこれらの基地でイベントがあるたび、父の遺品でもあるニコンの大型一眼レフと超望遠レンズの一式を携えて駆け付け、自衛隊機や米軍機を撮影しまくっていたのです。そしてその自慢の写真を自分のブログに発表していたのです。特に航空宇宙自衛隊のアクロバットチーム「ブルーインパルス」については宮城県の松島基地や静岡県の静浜基地など遠方まで追いかけていました。

わたしが航空機ファンになった理由は、幼い頃亡くなった父の影響によるものです。大の航空機ファンだった父は、1950年代から80年代にかけてのレトロな飛行機の写真をたくさん持っていて、わたしもそれらを見ているうちに飛行機が大好きになったのです。母にパソコンを買ってもらってからは、それら父の写真をスキャナーで取り込み、自分が撮影した最新の機体と対比する形で写真データをためていきました。中学生になって自分のブログを始めてからは、それらをネットに掲載したところ、予想を上まわる訪問者があり、わたしはそれに気をよくしてブログを充実させていきました。例えば、航空宇宙自衛隊では1960年代に開発されたF4ファントム戦闘機（父が撮影したものです）と2020年代のF35AライトニングⅡ戦闘機を比較したり、海上自衛隊なら大戦中の爆撃機を思わせるP2J対潜哨戒機（父の撮影）とまるで旅客機のような外観の国産P1哨戒機を比較するといった具合です。

多くの航空ファンのブログは、だいたい迫力ある戦闘機の映像を前面に出す、どれも似たような構成でしたが、わたしのブログはちょっとレトロで一風変わっていたので――父のおかげです――、それなりにファンの間では注目されていたようです。

高校に進学後は祖国中国の航空ファンにも自分の写真を見てもらおうと、ブログもそれまでの日本語と英語の表記に加え、中国語による説明も加えました。それは大連に住む親戚の李玉くんからのアドバイスも大きかったと思います。李玉くんから「ぼくら中国人にもわかるように中国語も入れて」という要望に応えたのです。李玉くんも飛行機が好きで、彼からも中国人民解放軍のエアショーでの飛行機の写真が提供してもらえるようになりました。その結果、わたしのブログ『スカイノーツ』は日本語、英語、中国語の3ヵ国語で説明されるようになり、中国からの訪問客が爆発的に増えました。中国の人たちがわたしのブログに関心を持ってくれたおかげで、カウント数は以前の10倍にも増えたのです。中国語による解説は、当初はほかのブログとの差別化が目的でしたが、3ヵ国語による説明がやがてわたしのブログの売りになりました。わたしは横浜のインターナショナルスクールに通っていたのでもともと英語は得意でしたし、中国語――北京語です――も子供の頃から習っていたので、ブログの編集に問題はありませんでした。それに加えて、李玉くんが中国語の文章の校閲をしてくれたので、内容も完璧でした。

そんなわけで航空宇宙自衛隊の三沢基地に初配備された第3航空団のステルス戦闘機F35Aを特集した際は、なんと1日に3千人もの訪問客がありました。さらにイギリス海軍の空母「クイーン・エリザベス」がF35B戦闘機を満載して来日し、横須賀港に入港した時は、同級生が住むタワーマンションの高層階のベランダから超望遠レンズで狙い、最新鋭空母の隅々までアップで撮影し、それをブログに載せたところ、信じられないことに36万5千人もの訪問者があり、それまでの記録を大きく更新したのです。その多くはやはり中国からの訪問客でした。

このカウントの急増を受けて私のブログは思いがけず広告まで付くようになり、その収入でわたしのエアショーの取材旅行にも余裕ができました。それまでは予算不足で行けなかった北海道の千歳基地や福岡県の築城基地、沖縄県の那覇基地などにも遠征できるようになり、わたしのブログはさらに充実していきました。

その頃、わたしは受験勉強などそっちのけで、全国の自衛隊基地巡りとブログ制作に熱中していたのです。将来は飛行機関係の仕事に就きたいと考えていたので、できれば自衛隊の関係に進みたいと思っていました。旧正月にそのことを伯父さんに相談すると、「二郎、残念だが、中国人は日本の公務員にはなれない。警察や自衛隊には就職できない。航空会社なら問題ないと思うが、飛行機メーカーも難しいと思うよ。別の道を見つけなさい」と言われ、大きなショックを受けたことを覚えています。そんなわけでわたしは横浜のインターナショナルスクールを卒業後、祖国中国の大連大学に進んで現地で日本語教師になったのです。

いまでも当時のブログ『スカイノーツ』はわたしの誇りであり、心の支えです。あの頃の自分が一番輝いていたと思います。そんなわけで、つらいときは必ずブログのことを思い出し、それがいまでも心のよりどころになっています。記憶に残る最大のヒットは、岐阜基地で初飛行した日本の第6世代戦闘機「F3テンペスト」の特集です。ブログ仲間が岐阜基地の近くに住んでいて、初飛行した当日、彼はF3の勇姿を大望遠で見事に捉え、その数カットをわたしに提供してくれたのです（彼にはバーターで李玉くんが撮影した中国の「殲撃20改ステルス戦闘機」の最新画像を提供しました）。確かあの時は1日だけで50万件以上のアクセスがあり、広告会社からボーナスまでもらいました。いま考えれば、おそらく中国空軍の関係者が一斉にわたしのブログの写真を見ていたのでしょう。

ブログをやっていて一番楽しかったのは同じ航空ファンとのSNS上でのおしゃべりです。横浜のインターナショナルスクールで軍用機の話をできる人間など一人もいませんでしたから、SNSを通じて日本、アメリカ、中国などの航空ファンと気軽にチャットできるのは本当に楽しかったです。

「Ｆ３のハイパワー・スリムエンジンをぎゅっと締め上げている胴体のくびれがたまらなくセクシーだよ」

「Ｆ35のエアインテーク前のダイバータレスのあのふくらみ、俺、どうしてもおっぱいの上のブラを想像しちゃうんだよな」

「俺、なんでこんなにロシア機に萌えちゃうんだろ。スホイとミグのあの曲線、成熟し始めたロシア娘そのものなんだよな。体操とかフィギュアの女子選手の美しくてしなやかなボディと同じ。あの美しいライン見てると本当にいろいろイメージさせられちゃって、たまんないよ」

そんなふうにファンたちはいつまでもネット上でおしゃべりをしていたものです。当時のわたしのブログは１日平均して10万件以上のヒットがあり、そのうち８割が中国からでした。おそらくその半数が中国軍の関係者だったのでしょう。そんなわけで人民解放軍はわたしの名前を密かにマークしていたのかもしれません。「李二郎」という自衛隊機に詳しい日本生まれの中国人が大連で仕事を探しているとの情報を入手し、さっそくアプローチしてきたのかもしれません。

ここでは詳しく話せませんが、大連統合軍総司令部の翻訳官補佐として軍に採用された後、わたしは大連の人民広場近くにある統合軍施設の別館で、日本の軍事情報に関する各種資料の翻訳の仕事に就きました。資料の原本はどれも部外持ち出し禁止で、翻訳は人民解放軍の情報士官が監視する中で実施しなければなりませんでした。中国の大手企業ではすでにテレワークによる自宅での仕事が一般的だったので、最初はわたしも翻訳する文書をメールで自宅に送ってもらい、それを翻訳してメールで送り返せばよいものだとばかり思っていました。ところが、軍のやり方はまったく違いました。サイバー攻撃による情報流出を恐れていたのでしょうか、軍のクローズ系パソコンのみを使用するため、いちいちオフィスに出向いて翻訳作業をしなければならなかったのです。軍の手続きは恐ろしく厳しくて、朝出勤するとその日に翻訳する通しナンバー入りの文献を手渡され、その日の夕方にテキストと翻訳文を一緒に返納するという手順で行われていました。このため、一日の大半はエアコンもよくきかない古い建物の一室で監視カメラの下、仕事をしなければならなかったのです。

さらに、住む場所もオフィスから片道20分以内の場所に引っ越すよう命じられました。私生活まで監視しようというのでしょうか。仕方なくわたしは以前の開発区にあったアパートから、市の中心部近くに引っ越しました。新しいアパートは路面電車を「三八広場」で降りて五五路を5分ほど歩いた一等地にありました。官舎扱いなので家賃の8割が補助されたため、まんざら悪い条件ではありませんでした。

それにしても、中国軍のこの堅苦しさの中で10年間もよく耐えたものだと思います。しかし、翻訳の仕事自体はとても楽しいものでした。ほとんどが自衛隊の航空機に関することでしたから、わたしにとって半分は趣味の延長みたいなものでした。それが今日まで大連総司令部で仕事を続けられた理由だと思います。

これもあまり表立っては言えませんが、軍の翻訳部署にいた同僚はみなわたしと同じ、日本生まれの華人でした。長崎市出身のR君は海上自衛隊の護衛艦や潜水艦についてすごい知識を持っていましたし、神戸市出身のK君は陸上自衛隊についてまさに歩く百科事典でした。なにしろ彼は全国250ヵ所の陸自部隊の編成から装備品、部隊の教育訓練のカリキュラムまで何でも知っていました。わたしたちが翻訳を担った文書はいずれも防衛省や3自衛隊が発表した公式文書が主で、そのほかは日本の軍事専門誌や新聞記事などの翻訳がほとんどでした。軍の情報部なら極秘の資料を読むことができるのかなとちょっと期待していたので、拍子抜けでした。最近はパソコンの自動翻訳機能を使えば文書の翻訳など誰にでも簡単にできますが、軍事に関する分野は特殊でやたら専門用語が多いので、中国軍はいまもこうした専門家に頼っているようでした。

わたしの上司であるM翻訳官は、対象の文書が艦船関係ならR君、陸上装備ならK君、そして航空機関連ならわたしに回し、できあがった文書はJ翻訳係長がチェックしたうえで翻訳官に上げ、それが人民解放軍の日報にアップされているようでした。もちろん、わたしたちにはそれを見ることはできません。こういった翻訳の作業は北京の軍中央が一元的に行えば効率がいいように思いますが、中国では地方の軍が独立して情報収集活動を実施しており、それぞれのニーズによって対象国の情報の分析もしているようです。各方面軍区のそれぞれの正面（仮想敵国）が日本、韓国、台湾、ベトナム、インド、米国、ロシアなどと異なっていることから、必要とする情報も違ってくるのでしょう。加えて人民解放軍の中央（北京政府）は地方の軍区同士を遠ざけるように仕向けており、各軍区が協力し、秘密情報を融通し合うのを喜ばないのも各軍が別々に情報収集や翻訳作業をやらねばならない理由のひとつとなっていたようです。

わたしの大連総司令部での翻訳の仕事も来年で10年になります。時が経つのは本当に早いです。仕事内容には特段、不満はありませんでしたが、待遇面では大いにありました。軍から支給される俸給は民間の大連職業訓練学校で教師をしていた頃にくらべてもだいぶ低かったからです。また、毎日毎日ひたすら同じような翻訳の仕事が続き、もうそろそろわたしも潮時だと考えていました。わたしは3年前に翠緑と結婚し、独身時代と違い、いろいろとお金も必要になってきていたからです。そこで横浜に住む母に愚痴をこぼすと、「あんたもそろそろ日本に帰ってきたら」と言われました。

すると、なぜか翌月からわたしの待遇が改善されました。母と電話で話した翌週、M翻訳官に呼ばれて昇進を告げられ、翌月から給料が2割アップしたのです。そして現在は「翻訳官第1補佐」という肩書きになりました。とは言っても仕事内容はほとんど変わらず、新しく入ったスタッフの文書をチェックする仕事が加わっただけです。

しかし、その後、同時通訳の仕事も新たに加わりました。これは日本のＮＨＫがネットなどで速報した防衛大臣や統合幕僚長の会見内容などのニュースを直ちに中国語に翻訳し、その音声データを情報部に送信する仕事です。最近は文書の翻訳よりも、こうしたネットニュースの同時通訳のほうが司令部内ではより重要な仕事になってきました。

通訳の仕事は、機械的に相手が話した言葉を訳していくだけのため、文章構成を考える翻訳とはまったくやり方が異なります。通訳は一発勝負なので、より集中力が必要になります。慣れるまで大変でしたが、やってみると日本の要人の言葉をナマで聞けるので、それなりの面白さもありました。それで同時通訳の仕事を何度か引き受けていたら、いつのまにか通訳の仕事もわたしの専属になってしまっていたのです。

最も難しかったのは討論番組の通訳でした。外務大臣や防衛大臣が出演したテレビ番組の同時通訳を行うのですが、そのテーマの内容や背景をちゃんと理解していないと、発言の趣旨がわからず、間違った翻訳をしてしまうことが多々あります。特に日本人はあいまいな表現を使うことが多いので、そのコメントが肯定なのか否定なのか判別できない場合があり、とても注意が必要です。もし間違えれば逆の意味にとられかねないので、誤りが判明した際は直ちにその場で訂正も行わねばならず、討論番組を通訳中はいつも冷や汗でびっしょりになりました。間違った通訳をして、後で上司から厳しく叱責されたこともありました。中国人はとても面子を重んじるので、一度黒と言ったことを後で白と訂正することには違和感と強い憤りを感じるようです。

　それでもテレビの同時通訳の仕事は日本国内の最新事業がよくわかるので、楽しみな仕事の一つになりました。通訳業務も始めて3年になり、最近は失敗も少なくなってきたからです。この仕事で特につらかったのは、日本が中国への賠償金で国民が大きな苦しみを味わっていることを知った時でした。日本政府は毎年10兆円を長江沿岸の被災地復興のため中国に支払っており、この反動で日本は教育や福祉の予算を大幅に切り詰めていました。消費税は昨年30％に引き上げられ、国民生活はさらに苦しくなりました。テレビ討論ではそうした時事問題がたびたびテーマになり、その実情をわたしたちも知ることができました。三峡ダムの決壊以来、世界中から容赦ない批判を受け、どこへ行っても針のむしろの日本政府は、この8年間で首相が6人も交代するなど、政権は不安定なままです。ダム攻撃の責任を負わされた防衛省・自衛隊は年間予算を3割もカットされたということでした。三峡ダムを攻撃した国産のF3戦闘機の生産も打ち切られています。加えて中日間には解決の難しい江州問題もあり、わたしは通訳の仕事をしながら日本の苦境を目の当たりにし、とても悲しく残念に思うことが多くなりました。国家とは、たった一度の過失だけでこのように過酷な運命を強いられてしまうものなのでしょうか。

　大連の軍翻訳部署のメンバーはいずれも日本から里帰りした日系中国人ばかりでしたが、この仲間内でプライベートを含め日本のことを話題にすることはめったになく、また日本語も口にしませんでした。職場は軍施設の中にあり、ここでは日本への郷愁はアンタッチャブルだったからです。ですから職場でのストレスは多く、自分の気持ちを素直に打ち明けられるのは家族だけでした。

　わたしは3年前、長崎生まれの中国人女性と結婚しました。現在は妻の翠緑と長男の双葉が家で待っていてくれるので、5時に仕事を終えて自宅に帰るのが楽しみです。双葉はハイハイを卒業し、最近はつかまり立ちができるようになったので、もうすぐ歩けそうです。元気いっぱいの息子と遊ぶのがいまのわたしの一番の喜びで、ストレス解消法にもなっています。

わたしに翠緑を紹介してくれたのは姚叔母さんです。恋人の朱麗と別れ、その後ずっと一人暮らしをしていたわたしのことを心配し、お見合いを持ちかけてくれたのです。わたしは結婚する気持ちなどさらさらなかったので、毎回断っていたのですが、それでも叔母さんは懲りずに女性の顔写真をわたしの携帯にメールで送ってきました。本当のことを言うと、あの頃、わたしはまだ朱麗のことが忘れられなかったのです。芯がつよくて向上心があり、それでいて優しく歌も上手だった朱麗がまたいつか、わたしのところに戻ってきてくれるのではないかと内心淡い期待を抱いていたのです。

しかし、翠緑の場合は出身地が長崎ということでちょっと興味を抱きました。長崎のハウステンボスの洋館をバックに写されたスナップを見ると、とてもしとやかそうな女性だとわかり、朱麗とはまた違った魅力を感じました。自意識が強く、男まさりの中国人女性の強さに少し辟易していたわたしは、叔母の巧みな口車に乗せられ、結局、この女性とお見合いをするはめになってしまいました。

姚叔母さんが「二郎、たまにはわたしの顔も立てておくれよ」と言うので、しぶしぶ指定のレストランに出向きました。わたしと同様、中国の大学に留学していた翠緑は、最初は大学の寮で生活をしていたのですが、中国語も満足に話せない日本生まれの華僑に周囲も冷たく、「外僑」「日本鬼子」と級友からは陰口をたたかれ、とうとうノイローゼになってしまったということです。彼女はまだ21歳でした。そこで同じ日本生まれの男子として「かわいそうな娘さんを助けてあげておくれ」と頼まれたのです。

叔母さんはそう言って翠緑とわたしを引き合わせたわけですが、いま考えれば体よくお見合いをさせられたわけです。わたしと翠緑は日系華僑として同じように日本でも中国でもつらい日々を過ごしてきましたから、すぐに気持ちを通じ合わせることができました。

そして叔母の積極的な後押しもあり、わたしたちは半年間の交際を経て大連市内のホテルで結婚式を挙げたのです。当日は横浜からわたしの母と妹、長崎から翠緑の両親もお祝いに駆けつけてくれ、小規模ですが温かな結婚式を挙げることができました。そんなわけでわたしもついに家族を持つことになったのです。

翠緑はわたしより10歳年下で、第一印象はとても内気でおとなしい女性でした。ものをずけずけと言う中国娘とは違って、いい意味で「大和撫子」の典型のような女性でした。そのため野生児のような同級生に囲まれて中国ではずいぶん苦労してきたようでした。

「わたし、こちらの言葉がよく聞き取れなくて」

それが自己紹介の時の彼女の最初の言葉でした。わたしと気兼ねなく日本語が使えるのが本当にうれしいようでした。

留学先で孤立し、ホームシックにかかっていた彼女にとって、わたしの存在は救いのようでした。そんな事情もあり、わたしたちは親しくなったのです。週末のデートが半年ほど続き、わたしは星海湾を臨む公園で翠緑にプロポーズしました。彼女と一緒にいて安らぎがあったのが一番の理由です。彼女のほうもそう考えてくれたのでしょうか、笑顔で「はい」と答えてくれました。そして結婚して3年目の昨年1月、長男の双葉が誕生したのです。わたしが大連に来て15年、その間いろいろなことがありましたが、この時初めてわたしは自分が中国の大地に根を下ろしたのだと強く感じました。

双葉が生まれ、3人家族となり、自分が子供好きであることにも気づきました。休日はだいたい双葉を公園などに連れていき、一緒に遊びました。オムツの交換なども楽しい経験でした。中国人も子供好きです。双葉を連れて公園を散歩していると、すれ違うおじさんやおばさんが必ず「おやまあ、かわいいお子さんね」と声をかけてくれました。ふだん不愛想な中国人も、実はこんなに子供好きで優しいのかと初めて知りました。双葉が泣き出すと近くのご婦人が駆け寄ってきて、抱いてあやしてくれました。そんなわけで双葉が生まれてからは、わたしも周囲に知り合いが増えた感じです。中国人社会の温かさを知ることができたのは子供のおかげです。

そんなわけで、三峡ダム決壊からの9年間はわたしにとっても波瀾万丈で、いろいろな面で忘れられないことが数多くありました。その後、引き受けることになるテレビ局の仕事も、やはり三峡ダムに関係することでした。人には逃れられない運命、宿命というものがあるのでしょう。

CPTV（チャイナ・パシフィック・テレビ）からの電話がきっかけで、わたしと翠緑は久しぶりに大げんかをしました。わたしたち一家は春節の長期休暇を利用し、結婚以来初めて妻の実家がある長崎への里帰りを計画していたのです。現地ではわたしの母が購入したアパートも見に行く予定でした。そこにCPTVから急の仕事の電話が入り、わたしたちの長崎旅行は急遽中止になってしまったのです。妻は久しぶりの帰省をとても楽しみにしていたので、わたしの仕打ちにぷんぷんでした。わたしたちの双方の親も孫の双葉に初めて会えると喜んでいたので、それができなくなったと電話で伝えるのには骨が折れました。横浜の母は「男は仕事のほうが大事に決まっているじゃない」と口では言いながらも、落胆しているのがその電話口の声からもわかりました。そんなわけで、すでに実家への帰省の準備を万端終えていた妻の翠緑はへそを曲げ、それから二日間、わたしと口を聞いてくれませんでした。

5

北京のテレビ局からの電話はちょうど午前の翻訳の仕事が終わったところにかかってきました。チャイナ・パシフィック・テレビ（ＣＰＴＶ）のディレクターと名乗る相手に、最初、わたしは間違い電話かと思いました。なぜなら、テレビ局に勤める人間など、わたしには一人も知り合いがいなかったからです。

それで、「ここは大連の人民解放軍総司令部ですよ」と告げると、相手は怒ったような口調で、「そんなことはわかっている。あんたは日本語通訳の李二郎なんだろ。あんたに用があって電話したんだ」と横柄な口を聞きました。いやな気分になり、「ええ、そうですが」と答えると、「仕事の話がある」と言い、「あんたはＣＰＴＶへの出向が決まったんだ」と告げたのです。それが翌週からわたしの上司になるＣＰＴＶの陶玉浦ディレクターでした。

わたしにとっては寝耳に水でした。テレビ局への出向。そんな話はまったく聞いていません。それでわたしは訊き返しました。

「わたしの上司にその話は伝えてあるのでしょうか。辞令はおろか、打診もないんですけど」

「当たり前だろ。きのうの夜、決まったばかりなんだから」

テレビ局の人間というのはいつもこんなに短兵急なんでしょうか。わたしは奥のデスクに座る黒縁眼鏡の

Ｍ翻訳官をちらりと見ました。いつものように背筋を伸ばして愛妻弁当を食べています。おそらくわたしの出向の話はまだＭ翻訳官には伝わっていないようです。何かあればすぐに顔に出る正直な人ですから。この部屋で中堅のわたしがいなくなったら、一番困るのはおそらくＭ翻訳官です。陸担当のＫ君も海自担当のＲ君も最新の空軍機やドローン、その装備には弱い面がありましたから。

そこでわたしは冷静を装い、さりげなく電話の相手に質問しました。

「出向の期間ってどのくらいになるのでしょう」

いまの職場はもちろん、家族にも迷惑がかかることになるかもしれないのですから当然の疑問です。

「最低で３ヵ月。長ければ半年くらいになるだろう」

「仕事の内容はなんですか」

「日本人へのインタビューだ」

「場所はどこですか」

「最初は四川省に向かう。その後は江州も含めて各地を転々とすることになるだろう」

「給料はどこから出るのですか」

「ＣＰＴＶだ」

「仕事はいつからですか」

「来週の月曜日に最初のミーティングをやる。北京で待ってる」

そう言って相手は電話を切りました。

その日の夕方の終業前、わたしは司令部の2階にある会議室に呼び出されました。M翻訳官が待っていて、そこで正式にわたしのCPTVへの出向が告げられ、辞令書が手渡されました。

「きみがいなくなると翻訳の仕事がたいへんになるよ。補充はなしだから」

黒縁眼鏡を持ち上げながら50代後半のM翻訳官が言いました。

「そんなことありませんよ。みなさん、優秀ですから」

「テレビ局はいろいろ調べて君を指名したそうだ。専門知識を持った日本語の通訳を探していたらしい。航空装備のスペシャリスト、李二郎に通訳をさせるのだから、おそらく日本の航空機メーカーの関係者だろう。もしかしたら日本人のパイロットかもしれないな」

翻訳官の目がきらりと光りました。

「パイロット?」

突然、高校生の頃に訪れた航空宇宙自衛隊松島基地の景色がよみがえりました。上空を航過するジェット機の編隊とその爆音。基地のエプロンでパイロットたちが青と白のツートンに塗られたT4ブルーインパルスに乗り込む姿も見えました。あれは自分が『スカイノーツ』のブログ制作に夢中になっていた頃の風景です。もしかしたら、次の仕事ではあの時と同じような経験が再びできるのではないかと急に胸がざわ付き始めました。

「君のテレビ局への出向については、すでに国防部担当部署の了解もとってあると聞いている。ということは北京の総司令部も了承しているということだ。もはや、われわれ地方の立場でとやかく言える事柄ではない。とにかく北京ではがんばってきてくれ」

「わかりました。全力をつくします」

「北京では、ここと違ってもっと大きな仕事ができるだろう。君はまだ若いんだ、存分に楽しんできてくれたまえ」

そう言ってM翻訳官は立ち上がり、わたしの手を固く握りしめ、新天地に向けてわたしを送り出してくれました。


CPTVの陶玉浦という人物はどのようなテレビマンなのでしょう。わたしはすぐにネットの検索機能を使い、陶ディレクターの人となりについて調べてみました。するとテレビ業界では有名な若手の番組制作者、同時に新進の映像作家であることがわかりました。北京の名門、清華大学の社会科学学院で国際政治学を学びながら、同時に美術学院で視覚伝達設計の単位まで取得しており、在学中からさまざまな映像作品を手掛け、CPTVにはトップの成績で採用されたと紹介記事にはありました。もっとも父親が中国共産党の高級幹部であり、CPTVへの就職はそのコネによるものであるとの注釈もありました。こうしたネガティブな情報までもが削除されずにネットに掲載されているということは、本人がおおらかな人物であるのか、または万人の知る事実であるということなのでしょう。

陶氏はCPTVに就職して半年間の研修後、すぐにアメリカのニューヨーク支局に派遣され、ブロードウェイシアターで開催された「中国人美国移民記念式典」のドキュメンタリー番組のディレクターを任せられています。ステージと客席が一体となり、中国人の移民たちが「わたしたちはどこにあっても龍（中国）の子孫」と歌う華人の魂の曲『龍的伝人』を通してアメリカ国内の華僑コミュニティーの今日の姿を映像化し、この作品は内外で高く評価されたということです。この番組1本で陶玉浦の名は一躍広く知れわたりました。

この『龍的伝人』の歌なら、もちろんわたしも知っています。横浜の華僑たちも同じように故郷中国を思い、機会があればみなカラオケで歌っていたからです。わたしも子供の頃中華街のイベントで合唱させられました。歌詞はこのようなものです。

龍的伝人（龍の子孫）

遥かなる東方　大地を東西に貫く大河　その名は長江
遥かなる東方　曲がりくねり進む大河　その名は黄河
長江の美を見たことがなくとも、いつも夢の中で長江の畔に遊ぶ
黄河を見たことがなくとも、夢に轟々たる黄河の流れる音を聴く
いにしえの東方に龍がいた　その名は中国と呼ばれる
いにしえの東方に一群の人々がいた　彼らはみな龍の子孫だ
巨大な龍の足元で成長し、いまは龍の伝統を受け継ぐ者に成長した

この歌をアメリカ在住の中国人たちがニューヨークのカーネギーホールで大合唱したなんて、すごいです。それを映像に収めた陶ディレクターをわたしはまだ会ってもいないのに、いつのまにか尊敬し、少し好きになっていました。後でユーチューブでその映像を見て、陶ディレクターの熱意と彼のセンスの素晴らしさ

にあらためて感動しました。
ネット情報によると、陶ディレクターの出世作は同じくドキュメンタリーの『アラビア海へのトンネル』でした。海外のテレビ局との合同制作で能力を発揮する陶ディレクターは、中国政府が2010年代から進める「一帯一路」の道路建設事業をパキスタンのテレビ局と共同で見事に映像化したのです。中国内陸部からアラビア海にぬける道路の建設で最も難工事となったヒマラヤトンネル建設の過酷な作業をリアルに記録した作品でした。この番組は「中国国際科学映像祭」でドキュメンタリー部門の金賞を受けたということです。すでに陶ディレクターはCPTVの撮影部門では〝次代のエース〟と目されているようでした。その彼が日本の航空業界をテーマにいったい何を撮影するというのでしょう？　次の瞬間、わたしの頭の中で閃光がひらめきました。今年は三峡ダムの決壊から10年の年です。CPTVはその特別番組をつくるのではないでしょうか。そして日本人――おそらく航空宇宙自衛隊のパイロット――にもインタビューするのではないでしょうか。そこで陶ディレクターは日本語の通訳が必要となったのです。それも航空宇宙自衛隊の軍事用語に精通した通訳が……。広い中国でも、そんな人間は限られています。おそらく、陶ディレクターはわたしにそれを担当させようとしているのではないでしょうか。自分の考えにハッとし、思わずわたしは武者震いをしてしまいました。

わたしが興奮して帰宅したことに驚いたのは妻の翠緑です。突然の北京行きの話に、「なんでそんなに急なのよ。わたしたち、休暇をとって再来週から長崎に家族旅行に行く予定だったじゃない。それを中止しろっていうの？」いつもはおとなしい妻が強い口調でわたしをなじりました。

「久しぶりの長崎への帰省を楽しみにしていたのに。あなたは勝手に旅行をキャンセルして、この子の育児も何もかもわたしに押し付け、ひとりで北京に行ってしまうなんて、ひどい」

ついに翠緑は泣き出しました。妻を落ち着かせようとわたしも精いっぱい努力しました。

「いいかい、給料はＣＰＴＶから出るんだよ。テレビ局の給料は人民解放軍に比べてずっといいんだ。この仕事が終わったら長い休暇がとれるから、そしたらみんなで長崎に行こう。きみの両親には僕のほうから謝っておくから。それからお詫びとして、前から欲しがっていたブランドのバッグも買ってあげるよ」

そう言ってなだめると、翠緑は少しだけ機嫌をなおしてくれました。このへんは彼女もやっぱり中国人だなあと思いました。

大連でお世話になっている姚叔母さんにも急に決まった北京出張のことを伝えると、「あんたの奥さんと子供はわたしが面倒みてやるよ。心配しないで北京へ行ってきなさい」と応援してくれました。その言葉通り姚叔母さんはわたしの不在中、ずっと妻子の面倒をみてくれたのです。

わたしは土曜日の一日を長期出張の準備にあて、日曜日の午後、翠緑と双葉に見送られて大連空港から北京に飛びました。北京は新婚旅行で訪れて以来3年ぶりです。前回は万里の長城など観光地巡りばかりでしたが、今回は仕事なので馴染みのないビジネス街に向かいます。交通に便利な王府井近くに宿をとり、翌朝に備えました。北京の通勤ラッシュはものすごいと聞いていたからです。それで早めにタクシーをつかまえ、朝陽区光華路にあるＣＰＴＶの本局に向かいました。局の建物は北京オリンピックの時に建て替えられた総ガラス張りの高層建築でした。早めに着きすぎたのでビル内の1階にあるカフェで時間をつぶし、約束の時間の15分前にＣＰＴＶの受け付けに向かいました。

共産主義国家中国の広報部門の一翼を担う中央機関であるだけに、入門にあたってのセキュリティーはさすがに厳重でした。いたるところに制服を着た警備員が立ち、中央のブースの受付嬢に「報道局の陶玉浦ディレクターに呼ばれてきました」と告げると、すかさず身分証明書の提示を求められました。パスポートを差し出すと、それをスキャンした上でキーボードをたたき、モニターに向かって「リー・アーランさんがお見えになりました」と伝えるとOKが出たらしく、わたしにゲスト用の入門証を手渡し、奥に通じるガラスのゲートを開けてくれました。

「これを警備員に見せてホールを進み、前方にあるエレベーターで8階まで上がってください」

ところが次には警備員による身体と持ち物の検査があり、ホールを抜けてエレベーターに乗り、8階に上がるまでに10分近くかかり、早めに来てよかったと胸をなでおろしました。

エレベーターを降りると、ここにも目付きの鋭い警備員が立っていて、入門証をスキャンし、わたしに控室で待つよう命じました。しばらくしてカジュアルなジャケットを着た背の高い男性が現れ、わたしはこの人が陶ディレクターだと思い、名刺を取り出そうとすると彼は首を横に振り、わたしに付いてくるよう指示しました。彼はさっさと先に行ってしまったので、あわてて追いかけました。案内された部屋は白く無機質な会議室で、正面の窓からは黄色く曇った北京の空とその下の高層ビル群が見えました。

長いテーブルの奥にはすでに一人の男性が着席し、手元の書類に目を通していました。彼がゆっくりと顔をこちらに向けたので、わたしは頭を下げ、「はじめまして。李二郎です」と自己紹介しました。すると相手も立ち上がりました。黒の軍服姿で、人民解放軍の海軍士官でした。袖口の金モール数は3本、中校（中佐）だとわかりました。中肉中背で短く刈り上げた髪、鋭い眼光。わたしは彼が戦闘機パイロットだと直感しました。

「日本からの来客はみな時間に正確なようだ」と彼は言い、「周中校だ、よろしく」と言って右手を差し出しました。年齢は40代前半。飛行隊の隊長クラスでしょう。

「君の『スカイノーツ』はよく知っているよ。実はわたしもあのブログの大ファンだった。写真も解説もとても良かった。あのブログでわたしたちは日本の航空宇宙自衛隊についていろいろ勉強させてもらったものだ。後でそのブログの作者が高校生だと聞いて本当に驚いた」

初対面の人から突然、自分のブログのことを褒めてもらい、正直に言うと本当にうれしかったです。この一言で軍人である彼への警戒心も消え去りました。

「君には軍歴はあるのかね」周中校が訊きました。

「いいえ、軍歴はありません。大連の大学を卒業後はずっと日本語教師をしていて、戦争が始まってからは大連の統合軍総司令部で日本語の翻訳の仕事をしてきました」

わたしは自分の履歴を簡単に紹介しました。

「君はなかなか優秀な情報員らしいね。大連の総司令部から届いた君の日本関係のレポートは、ほぼ毎日、北京で目を通しているよ。とてもいい仕事をしている。それで君をテレビ局の人間に紹介させてもらったんだ」

そう言うと周中校はにやりとしました。

「失礼ですが、周中校は戦闘機乗りなんですか?」

思い切ってわたしも質問してみました。

「ああ、昔のことだがな。殲撃15戦闘機に乗っていた。西側では、J15と呼ばれていた艦載型だ。いずれ君の耳にも入るだろうから先に言っておこう。わたしは001型航空母艦《遼寧》の飛行隊に所属していた。その発着艦訓練で事故を起こし、母艦に甚大な被害を負わせた。それでパイロットは馘になった。《遼寧》が南シナ海で台湾の潜水艦に沈められる3年前のことだ。着艦時に甲板上の機体拘束ワイヤーが切れたんだ。搭乗していた機はその反動で艦橋のあるアイランドに激突し、機体はまっぷたつに折れて炎上した。わたしは奇跡的に助かった。この事故で艦とも航空機ともおさらばとなり、以降、わたしはずっと陸上勤務だ。それで君にも出会えたわけだ。不思議な縁だな。会えてうれしいよ」

「わたしもです。周中校」

空母《遼寧》の艦載機の事故のことについてはわたしも聞いたことがあります。台湾のニュースサイトで大きく報道されていたからです。事故原因はパイロットのミスではなく、艦側の拘束ワイヤーの整備不良ということでした。

「あれはワイヤー交換が遅れていたためだと聞きました」

「この世界、誰でも事故の責任なんぞ取りたくないものさ。自分の機が降りた時にワイヤーが切れたことが不運だったと考えるしかない」

その時、ドアが開いて部屋にどやどやと人が入ってきました。男が2人に若い女性が1人。そのラフな服装から、みなテレビ局のスタッフのようでした。最後にスターバックスのコーヒーを載せたトレイを手にした店員らしき女性も入ってきました。

「やあ、待たせてすまん。突発のニュースが入っていままでその対応に追われていたんだ」

彼らは約束の時間を20分遅れても、ぜんぜん気にしていないようでした。

「それでは早速だが、ミーティングを始めよう。着席してください」

鼈甲の丸メガネをかけた一目でエリートとわかる男性が言いました。自分と同年代ですが、端整な顔立ちで長髪、おしゃれな青色のジャケットを着ていてまるで芸能人のようです。これがウィキペディアにも載っていた陶ディレクターでした。

「テーブル上のファイルをまず確認してください。これがわれわれの四川省ロケの内容と日本人パイロットへのインタビューに関する資料です。ファイルには小冊子1冊とペーパーが6枚入っているはずです。これを基にブリーフィングを始めます」

そう言うと陶ディレクターがすたすたと近づいてきて、周中校とわたしに手を差し出し、「陶玉浦です、よろしく」とあいさつし、握手を交わしました。「インタビュー収録は3週間後に始まります。お互い、しっかりやりましょう」

てきぱきとした話し方と洗練されたふるまい。いかにも有能なテレビマンという感じでした。

ここ中国では、その場にいるだけでこの人物はリーダーたりうる重要な人間なのだと直感できる人がいるものです。そうした上に立つ人物は、特権を享受するに値する人間であると無言で周囲に知らしめるため、その人の言動に誰も文句は言いません。共産主義中国にも、生まれながらの高貴な人種が存在するのです。陶ディレクターはまさにそういう特別な人物でした。

あとでテレビ局のスタッフに聞いたところによると、陶ディレクターは中国共産党のある有力者の一人息子で、中央政府に太いパイプ（コネ）を持つ人物で、局としても無視できない特別な若手職員の一人であるということです。しかし、ただの二世貴族ではなく、テレビマンとしては非常に有能で、取材相手の中の最良の部分をカメラの前で巧みに引き出し、それを映像化する技術に長けているということでした。カリスマ性を兼ね備えており、その場にいるだけで相手を自らの勢力の中に引き込むことのできる才能を持っている人物でもあるということでした。

「それでは最初にチームスタッフの紹介と、今後の予定についてお話ししましょう」

正面の壁側に降ろされたスクリーンの前に立ち、陶ディレクターが話し始めました。その間、新人らしい女性スタッフが各自の前にコーヒーの入ったカップを置いていきます。陶ディレクターはスターバックスのカップを受け取ると、まずコーヒーを一口すすり、新人が着席するのを待って話し始めました。その内容は、まだ極秘の事項に属するということが彼の慎重な話しぶりからもわかりました。

「みなさんもご存じの通り、今年の7月で三峡ダム決壊から10年になる。そこでCPTVはその特別番組を制作することになった。特番のタイトルは『悲劇から10年――中国と日本はなぜ戦火を交えたのか』だ。ダムが決壊した7・20に合わせて放送の予定で、特番は計7回のシリーズとなる。ここに集まってもらったのは、その第3チームのメンバーだ。わたしがディレクターを務め、そちらの人民解放軍海軍の周健達中校がインタビュアー、そして日本語通訳は大連から来てもらった李二郎君にお願いする。撮影の指揮はチーフカメラマンの蔡青林君、そして音声・照明などの仕事はアシスタントカメラマンの胡丹華さんが担当する。そのほかの現地での軍や警察などとの調整や宿舎・車両などの手配はCPTV成都支局のローカルスタッフがすべて行ってくれる」

その説明を聞いて、わたしは頭をガーンとなぐられたような衝撃を感じました。予想は的中しました。三峡ダムを攻撃した航空宇宙自衛隊のパイロットをインタビューするのがわたしの仕事となるのです。ずっと中国で捕虜となっている日本人パイロットに面会するのです。CPTVはわたしが子供の頃からずっと航空ファンで、航空宇宙自衛隊にも詳しいことを知っていて、敢えてインタビューのスタッフに加えたようでした。

陶ディレクターがほかのメンバーを紹介しました。

「蔡君は三峡ダムの決壊時、水没した武漢の市街地に果敢にモーターボートで入り、取り残された住民の様子を至近距離から撮影して国際的な賞をとったカメラマンだ。武漢で彼はただ撮影するだけでなく、上空の救助ヘリコプターに被災者のいる場所を教え、26人全員が救出されるまでカメラを回し続けたつわものだ。今回の特番の撮影でもいい仕事をしてくれるだろう。その隣にいるアシスタントカメラマンの胡丹華さんは光と音のマジシャンともいえる能力の持ち主で、今回の撮影でも素晴らしい映像と録音の技を見せてくれるはずだ。ふたりをスタッフに加えることができて光栄だ」

蔡カメラマンと胡アシスタントが椅子から立ち上がり、わたしと周中校の場所に歩み寄ると、順番に握手しました。海軍のブルーの迷彩シャツを着た大柄の蔡カメラマンは身長が190センチはあるでしょう、手も大きくてわたしの右手はすっぽり包み込まれてしまいました。蔡カメラマンは前歯の一ヵ所に隙間があって、それが彼の顔を愛嬌のあるとても親しみやすいものにしていました。

一方、赤く染めた長髪をポニーテールにした胡アシスタントは戦場のモノクロ写真をプリントした黒のTシャツを着ていて、ちょっと異質で風変わりな娘でした。そのプリント写真には見覚えがあります。たしか報道写真家のロバート・キャパがノルマンディー上陸作戦に従軍した時に撮影したものです。弾丸の飛び交う波打ち際にうずくまる兵士の写真はピンボケで、戦場の恐怖がじかに伝わってきます。これもなにかのメッセージなのでしょうか。席に戻った彼女は、コーヒーを飲み干すと、その胸の兵士を抱きかかえるように腕を組み、ちょっと頭をかしげてわたしを見ました。この女性にはむやみに近づかないほうがいいと感じました。

スタッフの紹介が済むと、陶ディレクターが撮影計画について話しはじめました。窓にブラインドが降ろされ、照明が消されると、スクリーンに資料映像が投射されました。

「先ほど述べた通り、特番は計7回シリーズとなる。中日戦争がテーマとなるため、番組の制作では日本側の協力が欠かせない。そこで特番はＣＰＴＶと日本のＮＨＫの共同制作となり、両局が中国と日本それぞれの国での撮影を担当する。その後、映像をもちより、両局がそれぞれの立場から編集を行い、独自の番組とする計画だ」

陶ディレクターは番組が中日共同制作である点を強調しました。西側の国々への番組販売もその視野には入っているようでした。

スクリーンに特番のタイトルが映し出されました。

「テーマは、副題にもある通り、なぜ中国と日本は戦火を交えることになったか——だ。台湾を巡り、中日両国はなぜあのような大規模戦争に至ったのか、それを検証する番組となる。映像としてのハイライトはもちろん、日本軍戦闘機による中国・三峡ダムへの空爆だ。その作戦がどのように立案され、遂行されたのか、当時の軍関係者にインタビューし、自衛隊の空爆作戦の全容を再現する。そのためＣＰＴＶは今回、５個の取材チームを編成した。各チームはそれぞれ政治、経済、軍事、社会、文化の切り口からアプローチし、戦争に至った経緯を分析する。このうち我が第3チームは軍事を担当する。具体的には三峡ダム空爆作戦に加わった日本人パイロットにインタビューし、その言葉から日本軍のダム攻撃の全容を明らかにする。番組ではコンピューターグラフィックスも使い、日本軍機の中国侵入からミサイル発射、そして温州上空での中日戦闘機の空中戦までリアルに再現する計画だ」

スクリーン上に航空宇宙自衛隊のF3、F35Aステルス戦闘機と囚人服姿の2人の男性が映し出されました。キャプションには中国軍の捕虜となった日本軍戦闘機パイロットとありました。

「日本人の捕虜2名が現在、四川省にある軍の施設に収容されている。われわれはこの2人にインタビューし、当時の軍事作戦の全容を聴き取り、これを映像化する。彼らがどのように三峡ダム攻撃作戦に加わり、撃墜されて中国の捕虜となったのか、その経緯を追う。党と軍当局の許可もすでに受け、問題なく彼らをインタビューすることができることになった。これは戦後初の当事者へのインタビューだ。間違いなくスクープ映像として内外からも注目されることになるだろう」

陶ディレクターは番組制作の意義を強調しました。

「われわれ第3チームの仕事は日本軍人へのインタビューがメインとなるため、チームには中国軍の元戦闘機パイロットである周中校と航空宇宙自衛隊の事情に詳しい日本生まれの李君に加わってもらった。日本軍パイロットのインタビューはこのおふたりに担当してもらう。中国軍に拘束されている日本人捕虜への取材はこれまで一切許されてこなかった。このため特番の7回のシリーズの中でも、われわれの作品が最も注目されるものとなるだろう。今後、2週間かけてインタビューに向けた準備を進め、その後、四川省楽山市の郊外にある施設に移動し、インタビューに着手する。現地では成都支局のスタッフたちが全面的にバックアップしてくれる。捕虜収容所での収録は1週間が予定されているが、これは撮り直しがきかない一発勝負となる。みなさんもそのつもりで緊張感を持って準備に当たってもらいたい」

現地ロケの流れをレーザーポインターで指し示しながら、陶ディレクターは今後のスケジュールを話しました。

引き続き、配布資料をもとにスタッフから説明が行われました。小冊子は全150ページにわたり当時の関係文書や記事、写真などの資料がぎっしりと詰まっていました。年表や地図、用語解説などまであり、この資料をつくるだけでも大変な労力と時間を必要としたことでしょう。ページをめくると当時の出来事がリアルによみがえってきます。日本のF3戦闘機部隊が沖縄の那覇基地を飛び立ち、オーストラリアのダーウィン基地、インド洋に浮かぶディエゴガルシア基地、インド・アッサム州のグワハーティー基地を経てミャンマーと国境を接する中国南西部から中国本土に侵入し、湖南省長沙市の上空で三峡ダムに向けてミサイルを発射し、東シナ海に脱出しようとした飛行ルートなども詳しく描かれていました。さらに中国沿岸でF3部隊の掩護に当たった海上自衛隊の空母「いずも」機動部隊の編制をはじめ、自衛隊の後方支援部隊が配置された石垣島、宮古島、与那国島などの状況、さらには負傷した隊員を後送する救難部隊の滞空場所なども詳細に書き込まれていました。

小冊子の後半はクアッド（日米豪印）軍と台湾軍を迎え撃った中国人民解放軍の各部隊の詳細情報が記載されていました。それぞれの部隊編成と指揮官の顔写真や経歴なども載っていました。これは間違いなく軍の機密に属する内容です。その情報がCPTVに提供されていることから、解放軍のこの番組への関与の強さも想像できました。

第3チーム向けのページでは、東シナ海上空で撃墜され、中国軍の捕虜となった日本人戦闘機パイロット2名の詳細な経歴や家族構成、写真などのプロフィールが記されていました。最後の資料編には各国戦闘機や艦艇の諸元、各国指揮官の経歴、開戦から三峡ダム決壊後の停戦までの年表などが詳細に記録されていました。

この小冊子を活用すれば、東シナ海戦争のノンフィクション作品が1冊書けそうです。それほどの充実度を持っていました。

「それでは資料の74ページを開いてください」陶ディレクターが言いました。

そこには捕虜となっている日本軍パイロット2名の顔写真とプロフィールが記載されていました。わたしはここで、またもや頭にガツンと衝撃を受けました。パイロット2名の顔写真を見て、そのふたりともわたしの良く知る、かつて尊敬していたパイロットたちだったからです。

「左がダム攻撃を行ったF3戦闘機パイロットの矢吹光一3等空佐。右は東シナ海に展開した空母『いずも』から発進したF35B戦闘機パイロットの鳥海利治2等空佐です。われわれはこの2名にインタビューするので、みなさんも2人の経歴を事前に頭の中に叩き込んでおいてください」

特番ではおそらくこの2人へのインタビューが柱となるのでしょう。矢吹3佐からは三峡ダムを巡航ミサイルで攻撃した時の飛行中の状況を聞き取り、鳥海2佐からは温州沖の上空で繰り広げられた中国空軍との空中戦の詳細が明かされるはずです。

ふたりは共に空自ブルーインパルスの元パイロットで、このうち若き日の鳥海2佐とは空自松島基地で会い、握手し、サインももらっています。この2名に自分が直にインタビューするのだと思うと、再び身体が震えました。

「本日から四川ロケの準備に着手するが、みなさんも一視聴者として、日本人パイロットにこれだけは聞いておきたいというような質問事項あったら、遠慮なくわたしに伝えてほしい。だが、肝に銘じておいてもらいたいのは、彼らはまぎれもない戦犯、つまり戦争犯罪者であるということだ。決してヒーロー扱いしてはならない。2人ともすでに死刑と無期懲役の判決が下っている。われわれはそれをわきまえてインタビューしなければならない。われわれの後に、彼らが生きてメディアと接触する機会は今後おそらくないだろう。その意味では、われわれのインタビューは歴史的な証言を得る重要な仕事となる。彼らの言葉、いや、われわれの映像はそのまま貴重なオーラル（口述）ヒストリーとなるのだ。われわれの仕事は永遠に残る。だから現地では後悔が残らないような仕事にしたい。これから2週間、完璧な準備をして四川省でのロケに臨もう」

陶ディレクターはこのように締めくくりました。

初めて鳥海2佐に会った日のことがありありと蘇りました。わたしは高校生になったばかりで、鳥海2佐は当時まだ1等空尉だったと思います。彼はブルーインパルスの若手パイロットで、飛行展示の後、地上でファンサービスとしてサイン会を開いていました。鳥海1尉は長身でとてもかっこいいパイロットでした。わたしはサインをもらうために長い列に並び、自分が撮影したT4ブルー4番機の写真にサインを入れてもらいました。

あの頃、わたしはブルーインパルスを追って全国の航空基地を回っていました。ブルーの編隊機が白いスモークを引きながらのダイヤモンド・テイクオフをはじめ、垂直に降下するレインフォール、青空をバックにハートのマークを描くバーティカル・キューピット、さらにはレベル・オープナー、ローリング・コンバットピッチなどの凄まじく迫力あるアクロバット飛行は、いまもわたしの瞼の裏にしっかりと焼き付いています。あこがれだった鳥海2佐に会えると思うだけで、からだが緊張しました。

もうひとりの矢吹3佐のことも良く知っています。直接会ったことはありませんが、彼もブルーインパルスの主要メンバーでした。当時、矢吹2尉も航空雑誌のグラビアなどによく載っていました。わたしは高校卒業後に中国に留学してしまったので、その後の彼らの情報についてはぽっかりと空白ができてしまっていますが、それ以前の『スカイノーツ』のブログを開いていた頃の記憶は鮮明です。ふたりの雄姿はいまもわたしの中で燦然と輝いています。

ですから、空自機が三峡ダムを攻撃した後、テレビやネットでその攻撃機の搭乗者名を聞いてわたしは驚愕しました。そのほとんどがわたしのよく知る——そして心から尊敬していた——元ブルーインパルスのパイロットたちだったからです。その尊敬していたパイロットたちがわたしの祖国中国に侵入し、三峡ダムを空爆したことに大きなショックを受けたのです。しかし、4名のパイロットのうち2名が戦死し、1名が処刑されたと聞いたときは涙が止まりませんでした。生き残ったのは矢吹3佐ただひとりだけでした。その矢吹3佐にもわたしは現地でインタビューするのです。

取材スケジュールによれば、第3チームは3月の四川省ロケに続き、4月に江州の唐栄基地、5月に徐福海峡ロケが計画されており、3ヵ月間みっちり取材が続くようでした。そして1ヵ月間の編集作業を経て、7月14日からダムが決壊した20日まで、7夜連続の放映となります。その間、わたしもロケの仕事が続き、家族のいる大連に戻るのは難しそうでした。ロケ中に休暇は取れるのかディレクターに質問しようとも思いましたが、最初からとてもそんなことを口にできる雰囲気ではありませんでした。

ミーティングの後、懇親会を兼ねた食事会が最上階の展望レストランで開かれました。丸テーブルには中華料理のほか、昼なのにビール瓶が20本近くずらりと並べられ、とても中国らしい光景だと思いました。陶ディレクターの音頭で乾杯が行われ、その後、チームのメンバーが順番に自己紹介をしました。

トップは陶ディレクターでした。主任はわたしと同じ34歳。CPTVの報道局に入ってすぐに中日戦争が起こり、三峡ダムが決壊した際には水没した上海をヘリから取材したそうです。初めてディレクターを務めたのは被災民の1年間を描いたドキュメンタリーで、泥だらけになりながら避難所を回って撮影を続けたということでした。その後、主任がトイレに立ったときに蔡カメラマンが教えてくれたところによれば、陶主任は中国外相の長男であり、今回の特番が成功すれば間違いなく大出世し、次はパリかローマの支局長への栄転が待っているということでした。これまで外部との接触がいっさい許されなかった日本人捕虜への取材が今回実現したのも、外務大臣である父親の政治力がものを言ったということです。

続いての自己紹介で、軍の情報将校である周健達中校はロケ先での希望を口にしました。

「諸君にここでお願いしておきたい。現地でのインタビューでは日本人パイロットから情報をすべて絞り出したいと考えている。そのためには、できる限りのインタビュー時間が必要だ。そこで四川省の施設内では可能な限り、彼らとの面会時間を確保してほしい。できれば1日8時間、それを1名に付き3日間継続してもらいたい。彼らも10年前のことを思い出しながら話すことになる。記憶をたどりながらだと、情報がとれるまで時間がかかる。彼らは未来のない人間たちなのだ。生きているうちにこれだけは後世に言い残しておきたいという事もきっとあるだろう。わたしはそれをすべて拾い上げ、記録に残したいのだ。それが祖国のためになると信じるからだ。そういうわけでご協力をお願いしたい」

このコメントを聞き、わたしは周中校に好感をもちました。民放のテレビ局のよくある表面だけの浮ついた取材というか、視聴者に媚びるような仕事のやり方はどうも好きになれなかったからです。しかし、周中校のインタビューに向けた真摯さと真剣さを知り、この人とタッグを組めると思うと、わたしも肝がすわりました。

蔡青林カメラマンは豪快にビールを飲み干してから立ち上がりました。彼は38歳で、これから取材に行く四川省の都江堰市が生まれ故郷ということでした。今回の取材では久々の里帰りを楽しみにしていて、「四川省に着いたらみんなに仔パンダを抱かせてやるから楽しみにしていて」と笑わせてくれました。

ロバート・キャパのTシャツがトレードマークというアシスタントの胡丹華は25歳。ボーイッシュでちょっと攻撃的な雰囲気を漂わせていました。出身は武漢市で、10年前の大洪水で両親と弟を亡くしたということです。彼女はわたしに向かって「日本人は大嫌い」とはっきり言いました。すり切れたブルージーンズのお尻からは染めた頭髪と同じ赤い色のショーツが見え隠れしていました。生き残った被災者ということで、洪水で家族を亡くした朱麗のことを少し思い出しました。彼女は優秀なアシスタントカメラマンということですが、子供の頃からずっと孤児として生きてきたらしく、胡丹華もなにか朱麗と同じような精神的な危うさが感じられました。

最後にわたしが自己紹介をしました。日本在住の華僑の子として横浜市に生まれ、大連大学を出て、しばらく日本語教師をしていたことなどを話しました。そして子供の頃から軍用機の大ファンで、かつてネット上で自分のブログを発表していて、それが今回、この特番のチームに加えられた理由になったと話しました。

「二郎なんて日本人みたいな名前ね」胡丹華が言いました。

それでわたしはまたしても自分の名前の由来を説明しなければならなくなりました。

「確かに日本には一郎、二郎、三郎といった名前が多いですが、わたしの名前は中国秦代の《李二郎（リー・アーラン）将軍》に由来しています。ですからわたしの名は正真正銘の中国名です」

そう言うと、隣の席の蔡カメラマンが「なんだ」と声を上げ、わたしの背中をどすんと叩きました。

「二郎神君のことじゃないか。二郎神君なら四川省の超有名な偉人だぜ。二郎神君は水利施設の都江堰をつくって四川を今日の《天府の国》にしたんだ。なんだ李君、それなら俺が都江堰に案内してやるよ。名前をもらった偉大な先人の墓参りくらいしておきたいだろう」

話が変な方向に行ってしまったことに恐縮しながらも、わたしは蔡カメラマンに「ぜひお願いします」と答えておきました。

5人の自己紹介が済むと、局の重役のスピーチがあり、その後、わたしたちは最高級の中華料理を堪能しました。こうして第3チームメンバーの初顔合わせは無事に終了したのです。

翌日からインタビューを担当する周中校とわたしは北京郊外にあるＣＰＴＶの研修センターに送られ、テレビカメラを前にしたインタビューの仕方を実地に学びました。そして空いた時間も陶主任から渡された取材用の資料ファイルを開いて、日本人パイロット2名の特徴や性格を頭に叩き込みました。相手からよい言葉を引き出すには、なによりも信頼関係が重要で、相手の心まで入っていかなければいい仕事はできないということでした。

ＣＰＴＶのビル内には過去の映像を保管する巨大なアーカイブ室がありました。わたしと周中校はこのアーカイブ室にも出入りし、ＰＣの端末で10年前のさまざまな番組を引き出しては当時の中日戦争を追体験し、日本人パイロットにインタビューする準備を進めました。あらためて見る当時の映像は、わたしたちにいろいろなことを教えてくれました。特に中国国防部の報道官会見の記者とのやりとりは中日戦争の推移を知るうえで、とても貴重な情報源になりました。人民解放軍総参謀部の緊急会見も緊迫感があり、いま見てもとてもスリリングです。

当時の会見場には正面に大きなモニターが置かれ、中国空軍の大佐を伴った王報道官が３Ｄ地図の前に立ち、中国領空内に侵入した日本軍機の飛行ルートを説明していました。

「ミャンマー国境から我が国に侵入したＦ３戦闘機は計10機です。わが空軍のレーダーが探知した情報によると、日本軍機は長沙付近でミサイル２発を相次ぎ発射した後、その着弾観測用とみられる無人機も２機発進させました。その後、Ｆ３部隊は東シナ海に向け針路をとり、海上への脱出を試みましたが、これを探知した中国の早期警戒管制機が戦闘機部隊にスクランブル発進を命じ、迎撃機が一斉に飛び上がり、温州上空で日本軍機を迎え撃ち、10機全機を撃墜しました。日本に帰還できた機は１機もありません」

その誇らしげな言葉に、記者席から拍手が起きた音も同時に収録されていました。これは歴史的な会見となり、いまでも「７・20」関連ニュースではよく映像に流れます。

王報道官は表情を変えずに続けます。

「日本軍はこのダム空爆に伴い、陽動作戦として沖縄の各基地からも多数の戦闘機を発進させました。日本を支援するため在日米軍の戦闘機と台湾の戦闘機も発進し、その一部はわが国の領空内にも侵入しました。このためわが軍と交戦になり、こちらでも中国軍は日本軍機4機と台湾軍機5機を撃墜しました。この交戦で中国軍にも被害が生じ、7機を失いました。しかし、パイロットの半数が緊急脱出し、現在、救難部隊が彼らの救助に全力をあげているところです。発表は以上です」

記者たちが一斉に手を上げました。

「時間の関係から質問はふたつだけお受けします」

報道官は前列中央の記者を指名しました。

「自衛隊のF3部隊はミャンマー国境からわが国に侵入したとのことですが、この日本部隊を支援した国はあったのですか」

「いい質問です。日本の戦闘機部隊を支援した国は現在のところ、まだ確認されておりませんが、その侵入ルートから見ると、推定は可能です。F3部隊が最初に発進した場所はオーストラリアのダーウィン基地であり、その後、部隊はアメリカのディエゴガルシア基地を経て、インド東部のグワハーティー空軍基地に着陸し、給油を受け、そこから中国に向けて離陸し、わが国領空に侵入しています。ということは、これら着陸を許した国が日本の攻撃部隊を支援していたと考えられます」

次の質問は女性記者からで、「なぜミサイルはダムに命中したのに爆発しなかったのか」という問いでした。

「ミサイルには炸薬の代わりに赤ペンキが充填されていたようです」

王報道官は侮蔑するように答えました。

「ペイント弾は通常、威嚇に使われることが多く、おそらく中国政府と中国軍を威嚇するために日本はこれを使ったのでしょう。目標地点の座標は台湾が日本に提供したものであると当局はみています。なぜなら、三峡ダムを攻撃する準備はできていると台湾は何度も公言していますから。しかし、わが人民解放軍はこのような子供だましには一切影響など受けません。もはや日本軍は三峡ダムを破壊することなどできません。なぜなら、わが軍は現在、ダム防衛に全力を挙げているからです。さらにわが軍の核ミサイル部隊は東京と大阪、名古屋に照準を合わせています。もし日本軍の三峡ダムへの第2次攻撃があれば、直ちにこれら核ミサイルが報復として発射されることでしょう。日本は三峡ダム攻撃によって自らの首を絞めたのです。彼らのたくらみは完全に失敗したのです」

そう言うと王報道官はファイルをぱたんと閉じ、足早に会見室から立ち去っていきました。

この中国政府の会見は一例です。CPTV本局のアーカイブ室にはこれら貴重な映像がいくらでも残っており、わたしたちは自由にそれを見ることができました。当時の映像資料をみて改めて驚くこともしばしばでした。F3部隊はインド側からヒマラヤ山脈の陰に隠れるようにして中国に接近し、防空網が最も弱いミャンマー側から中国に侵入したのです。その後、雲南省、貴州省、湖南省を高速で飛行し、長沙市の上空で長射程の対地ミサイルを発射したのです。それは最新型のASM5でした。そして攻撃直後のダムの映像を撮影して日本に伝送し、爆撃判定をするための高速無人機――TACOM2――を発進させた後、大きく東に変針しています。この3千キロ以上を飛行し、浙江省温州市から東シナ海に抜け、沖縄の基地に帰投するには相当の燃料が必要です。ということは中国領内に入る前にF3部隊は空中給油を受けているはずで、航空宇宙自衛隊のKC46Aが空中給油しているとしたら、最後の発進場所であるインドが支援していたことは間違いありません。

報道官発表ではF3部隊は10機と言っていました。その後の日本政府の発表で10機のうちの6機は無人機であったことが明らかになっています。F3テンペストは有人機（M）と無人機（UM）が同時に開発されており、この作戦ではUMが囮になり、Mを逃がす計画のようでした。

ここでわたしがこんなことを言うのは非常に不謹慎なことだと理解していますが、わたしはこの航空宇宙自衛隊の《筋斗雲作戦》がかつての旧日本海軍の《パールハーバー奇襲攻撃》に匹敵する航空作戦であると思いました。わたしは日本で「零戦」とか戦艦「大和」のすごさを聞いて育ち、高校生になった頃からは「令和の零戦」「21世紀のスピットファイア」などと呼ばれた日英のハイブリッド戦闘機F3テンペストを追いかけて基地巡りをしていました。ですから、そのF3の機体が歴史的とも言える大きな航空作戦をやり遂げたことについても興奮を抑えきれなかったのです。

一方、日本のF3に対抗した中国空軍の殲20改などのステルス戦闘機も防空戦闘で奮闘し、F3部隊を全滅させる戦果を挙げたのです。こちら中国空軍の活躍にも喝采してやりたい気分でした。これはよく言われる「戦争の麻薬効果」にわたしも冒されてしまったのでしょうか。この温州沖の空戦で中日双方のパイロットが多数死んでいるというのに、わたしにはどうしても華々しいステルス戦闘機同士の戦いの方に目がいってしまうのでした。

6

中国では大洪水が起きるたびに歴史が変わるといわれます。中国人は大地震や洪水、旱魃などの自然災害を天罰と考えることが多く、自然災害を引き金とした飢饉が発生すると各地で反乱が起きました。それが時の王朝の崩壊にもつながることが多かったようです。大災害に苦しむ民を救済できなかった皇帝は、人民からそっぽを向かれ、民は別の実力者をかつぎ上げて時の為政者を倒すということが何千年にもわたり繰り返されてきたのです。

例えば、漢王朝末期の黄巾の乱、唐王朝末期の黄巣の乱、明王朝末期の李自成の乱などがその例でしょう。いまも淮河下流の洪沢湖に行けば、12世紀の都市がそのまま湖底に沈んでいるのを船上から見ることができます。歴代王朝が大洪水を恐れる理由はその湖底の失われた街を見ればわかります。

そして三峡ダムの決壊も、現代の中国史を書き換えた大災害として後世の歴史書に記録されることでしょう。

中国政府は日本軍機によるダム攻撃があった日、直ちに「国家1級災害救援応急態勢」を発令し、長江沿岸の住民に万が一のダム決壊の事態に備えさせました。その結果、各省市と地域住民がふだんの防災訓練通りに決壊への備えを取ったことで、多くの住民が安全な地域に迅速に避難することができました。中国人民は、いまもこの時の政府の素早い措置を高く評価しています。ただ残念だったのは、ダムの決壊が空爆から2週間後に起きたため、避難していた住民が「もう安全だろう」と命令の解除を待たずに自宅に戻ってしまったことです。

これを増幅してしまったのが各地で発生した窃盗団の横行です。避難して住民がいなくなった地域に、泥棒集団が多数入り込み、空き巣被害が各地で起きていることが連日、テレビやネットで伝えられ、自宅の被害を心配した住民が家に戻り始めたところでダムが決壊したことで、結果的に犠牲者が増えたのです。もし、あの空き巣の報道がなければ、ダム直下の宜昌市などでもあれほど多くの犠牲者を出すことはなかったでしょう。

さて、わたしたちCPTVの特番第3チームは3月12日の早朝、北京大興国際空港から四川省の成都天府国際空港に向けて飛び立ちました。現地では成都支局のスタッフが撮影の協力をしてくれるので、撮影機材はそれほど必要ないということでしたが、それでも蔡カメラマンと胡アシスタントは大型のカメラや照明機材、多数の電池などが入った大型のアルミケースを4箱も空港に持ち込み、あらためてテレビクルー・ロケ班の移動の大変さを知りました。

わたしはエアバスA350の機内で窓際の席を取りました（なんと、ビジネスクラスです！）。成都に着陸する前、自分の名前の由来となった「二郎神君」が築いた岷江の都江堰が機内から見えるのではないかと思ったのです。しかし、春の中国はタクラマカン砂漠やゴビ砂漠からの黄沙が舞う季節であったため、四川盆地の上空も北京市と同じく黄色くくすんでいて、窓から地上の景色はよく見えませんでした。

到着した成都空港ではCPTVの大型アルミケース4箱を引き取るのにまたもや手間取り、空港のロビーに出るまで30分近くかかりました。それでも到着口では支局のローカルスタッフのみなさんが待っていて、わたしたちを大歓迎してくれました。それが成都支局の呂次長と劉記者でした。呂次長は以前、北京の報道局で陶ディレクターと一緒に仕事をしていたとのことで、ふたりは2年ぶりの再会をとても喜んでいました。

わたしたちは劉さんが運転するマイクロバスに乗り込み、世界遺産の大仏で知られる楽山市に向かいました。ところが、バスは楽山市に直行せず、なんと成都市の観光地巡りを始めたのでびっくりしました。

「せっかく四川省に着たんですから、まずはかわいい仔パンダを抱いてやってください」

マイクを手ににこやかに語る呂次長を前に、ここは中国なんだな、とあらためて思いました。仕事よりも、初対面の人との交際を重視するのがこの国のしきたりなのです。世界的にも有名なパンダの繁殖基地は成都北方の斧頭山麓にあって、約120頭のパンダが飼育されているということでした。ここでは人工繁殖も行われていて、観光客が仔パンダを抱いて記念撮影ができるのが人気でした。

「午後になるとパンダの赤ちゃんは眠くなるので、午前中に遊ぶのが一番いいんです。そんなわけで昼食時間はちょっと遅れてしまいますが、許してくださいね。そのかわりパンダの後には最高の四川料理が待っていますからね」

呂次長の人懐っこい話しぶりにはこちらもつい、つられて笑ってしまいます。

成都ジャイアントパンダ繁殖研究基地内の広い敷地内ではカートに乗って移動しました。歩いて回るには時間がかかりすぎてしまうからです。パンダ宿舎では、わたしたちも生後10ヵ月のぬいぐるみのような仔パンダを抱くことができました。しかし、その料金の高さには驚きました。わずか2分抱くだけで、2500

元も取られるのです。これは北京の高級レストランのコース代に匹敵します。この観光客向けのあざとい商売には唖然とさせられましたが、ここまで来たら来場者は、みなしぶしぶ支払うのでしょう。お小遣いの少ないわたしも2500元は痛かったですが、パンダを抱いた写真は妻と息子への良いお土産になると思ったので、意を決して仔パンダを抱きました。その時に撮った写真で、わたしの顔があまりうれしそうでないのは、きっとそのパンダの値段の高さのせいです。

しかし、転んでもただでは起きないのがマスコミ人です。アシスタントカメラマンの胡丹華は、「これって、わたしの3日分のお給料よ」と言って、仔パンダを受け取るや、胸に抱くだけでなく、頭上に持ち上げたり、背中におんぶしたりとあらゆるポーズをとり、これを蔡カメラマンが大型カメラで撮りまくっていました。まるで女子アイドルの撮影会です。ふたりのことですから、この仔パンダを抱いた写真をあちこちの雑誌や新聞に売り、ちょっとした小遣い稼ぎをする魂胆なのかもしれません。蔡カメラマンと胡アシスタントは本当にどこに行っても息の合うコンビです。どうもふたりの親密さは尋常ではありません。ふたりとも周囲に無頓着な傍若無人の性格で、撮影現場ではいい仕事をするようですが、テレビ局の機材を平気でプライベートに使用するなど、公私混同の面もあるようです。ただ、上司も特段それについて何も言わないので、これも中国の文化の一つなのでしょうか。

その後、一行は再びマイクロバスに乗り楽山市に向かいました。2時間の移動中はさすがにみな疲れがでて、車中でぐっすり眠っていました。動物園内では結構歩かされたのです。

「みなさん、起きてください。お待ちどうさま。レストランに到着しましたよ！　お昼です！」

呂次長の声でわたしも目を覚ましました。バスは赤い派手な門構えの酒楼の前に停まっていました。寺院のような門をくぐって店内に入ると、王朝風のきらびやかな服を着た女性が現れ、奥の特別室に迎え入れてくれました。豪華な丸テーブルにわたしたちが着席すると、最初に不思議な香りのする「青城雪芽」という地元特産のお茶が振る舞われました。このお茶で胃腸が辛い料理に向けての準備が整うということでした。その後はもちろん四川料理のフルコースです。まずは棒棒鶏などの前菜で、地元の金藍剣ビールとともに食しました。続いて干焼桂魚、鉄板蝦仁、水煮牛柳などの大皿料理が次々と持ち込まれ、テーブルは見る間にいっぱいになりました。

食事中、呂次長が四川料理について説明してくれました。

「みなさん、空港の建物から外に出たとき、すごく湿気を感じたでしょう。乾燥した北京から来ると成都は空気がぜんぜん違うのがわかります。四川盆地は一年を通じて晴れることが少なく、湿気がすごく高いです。みなさんも中国の故事で《蜀犬日に吠ゆ》という格言を聞いたことがあるでしょう。蜀とは《三国志》時代のここ四川国のことです。蜀ではめったに空に太陽が出ないので、久しぶりに現れたお日様に、犬が驚いて吠えたという意味です。そのくらい四川は雨や曇りの日が多く、常にじめじめとしていて、この気候は人の健康にもよくありません。そこで、この土地の人たちは血行を良くするために辛い物を積極的に食べるようになったのです。辛いものをとって汗を流し、健康を維持する、それが四川流のやり方なのです。みなさんも四川滞在中は辛い料理をどしどし食べて、健康の維持に努めてくださいね」

呂次長の話を聞いて、さまざまな香辛料が加えられた四川料理の醍醐味がわかったような気がしました。料理はその後も続き、岷江で捕れたというライギョのスープ、花椒と辛子で炒めた辣子鶏、麻婆豆腐、エビチリ、四川泡菜など、さまざまな地元の味をわたしたちは順番に楽しみました。どれも北京や大連のレストランで出される四川料理と比べると、格段に辛くて刺激的でしたが、ビールで口の中を洗い流せば、その後も食べ続けられました。そして熱くなった身体は、たしかに大汗をかいていました。

その後、デザートも食べてようやく岷江河畔に建つホテルに連れて行かれました。ここがこれから1週間わたしたちが滞在する場所です。ところが、この日の四川ツアーはこれで終わりでなく、ホテルにチェックインした後、世界遺産の楽山大仏観光が用意されていたのです。河岸の巨岩に彫られた仏像は、高さが71メートルもあり、唐時代の713年に治水と船の航行安全を祈願して建造に着手されたということです。完成まで90年を要し、仏像は足の甲に100人が乗れるほど巨大ということでした。

わたしたちは岷江を航行する遊覧船に乗ってまず川の上から大仏を見学し、上陸後は山中にある大仏寺や霊宝塔などを見ながら進むと、やがて大仏の頭部の横に出ました。さすがに間近から見ると大仏の大きさに圧倒されます。ここでも蔡カメラマンはいろいろなアングルから写真を撮り続けていました。

観光を終えた後は、ホテルでの歓迎会です。ＣＰＴＶ成都支局長の楊琳さんら地元の幹部もわざわざ成都から駆けつけてくれ、にぎやかなパーティーになりました。楊支局長の歓迎あいさつの後、陶ディレクターがお礼の言葉を述べて乾杯しました。今回は四川火鍋などを囲んでの懇親会となり、ローカルスタッフのみなさんの心のこもった歓待にはほんとうに感激しました。

食事が一段落したところで、支局の呂次長が今後の段取りについて簡単に説明しました。呂次長は日本人パイロットが収容されている施設にこれまで4回足を運び、ロケに向け、施設側と調整を行ってきたということでした。インタビューする施設の下見もすでに済ませていて、その室内の特徴なども詳しく話してくれました。

「部屋はコンクリート打ち放しのため、音が反響します」

「それはまずいな。周囲に設置する防音マットをぜひお願いしたい」陶ディレクターが言いました。

「わかりました。すぐに手配しましょう」

「日数が限られているので撮影の準備は明日中に終わらせ、明後日からインタビューを開始したい。与えられた撮影期間は1週間だ。その間、現場では何が起きるかわからない。前倒しでの作業をお願いしたい。周中校、あなたからも何か要望事項はありますか」

陶主任から指名され、周中校が口を開きました。

「もう一度言うが、日本人のインタビュー時間をできるだけ多くとってもらいたい。早朝でも夕食後でもかまわない、可能な限り時間をとってほしい。わたしが望むのはそれだけだ」

「わかりました。努力します」呂次長が答えました。「明朝、現地に着いたら、すぐに収容所長に相談してみましょう。今回の撮影では、地元の人民解放軍からも全面協力の約束をとりつけてあるので、問題はないでしょう」

「それはよかった。よろしく頼む」

この言葉で歓迎会はお開きとなりました。


翌朝、わたしたちは成都支局が用意してくれたフォルクスワーゲンの四駆車2台に分乗し、日本人パイロット2名が収容されている軍の施設に向かいました。驚いたことに、四駆車の後方には防音マットを満載した大型トラックがついてきていました。成都支局のスタッフが、おそらく徹夜で準備したのでしょう。中国にもこんなに仕事熱心で手際のよい人たちがいることを知り、わたしはうれしくなりました。

収容施設は楽山市内から車で2時間ほど走った、広々とした原野の中にありました。施設は陸軍の広大な演習場に隣接していて、軍隊も常駐しており、施設からの脱走は絶対に不可能ということでした。この演習場は人民解放軍の各種ドローンの訓練場となっていて、脱走者が出れば直ちに無数のドローンが追跡のために飛び立ち、上空から光学・赤外線カメラで捜索し、発見後は搭載した自動小銃や爆弾で空から攻撃することも可能ということでした。中日戦争で島嶼防衛に当たった陸上自衛隊の離島部隊を苦しめた中国軍の武装ドローンは、こうした場所で訓練されていたのです。

二重のフェンスが張り巡らされた演習場の外柵に沿って進むと、さっそく上空に大型のドローンが現れ、わたしたちの車を先導してくれました。ドローンの後についてなだらかな起伏が続く原野をしばらく進むと、前方にコンクリートの壁で囲まれた施設が見えてきました。これが政治犯収容施設でした。大きな声では言えませんが、ここにはチベットやウイグル、香港の活動家も収監されているということです。これから1週間、わたしたちは毎日この場所に通い、日本人をインタビューするのです。施設の四隅にある監視塔にはサーチライトと機関銃が据え付けられており、まるで映画のワンシーンを見るようでした。

ＣＰＴＶの当初の計画では、演習場内にある陸軍の廠舎（簡易宿泊所）に泊まってわたしたちは仕事を続ける予定でしたが、住環境が劣悪なため、呂次長の判断でこれは取り止めになりました。たとえ往復の移動に4時間かかっても、楽山市内のホテルのほうがずっと快適に過ごせると判断したのです。これには蔡カメラマンたちも大歓迎でした。どんなにきつい撮影の仕事が続いても、その夜、柔らかなベッドと熱いお風呂のある清潔な部屋で休めるほうが良い仕事につながるのです（もちろん、夜の街に出て気晴らしもできます！）。

わたしたちはこの荒涼とした風景を見て、なぜこの場所に収容施設が建てられたのか納得するとともに、自分たちもこんな中に1週間もカンヅメにされなくてよかったと、あらためて胸をなでおろしました。

施設に近づくと、ミサイルを積んだ武装ドローンが建物の陰から現れ、ずっとわたしたちの上空に留まって監視を続けています。これも陸軍兵士のドローン訓練の一環なのでしょうか。それとも施設の看守がわたしたちの動向を見張っているのでしょうか。検問所の前で呂次長が車を下り、掩体壕のような警備所に入っていきました。入門手続きをしている間、爆発物の検査機材を手にした兵士2人がわたしたちの乗る四駆とトラックの車体に異常はないか調べます。わたしたちクルーも車外に出され、ボディチェックと手荷物検査を受けました。作業が終わると乗車が許され、城門のような鉄の扉が開きました。二重の門を抜けて施設内に入ると、砂利の道がまっすぐ伸びていて、前方に五星紅旗がはためく2階建ての庁舎が見えました。車両はゆっくりと進み、建物の前に停まると、玄関口に立っていた黒い制服の一団が一斉に敬礼をしました。どうやらテレビ局の職員はVIP待遇のようです。

わたしたちが車を下りると年配の幹部が前に進み出て、陶主任、周中校、呂次長の順に力強く握手をしました。

「遠いところをようこそ。みなさんをお待ちしておりました。わたしが所長の崔英俊です」

小太りの所長は、調整に当たってきた呂次長とはすでに親しい仲であるようでした。

わたしたちは応接室に迎え入れられました。崔所長は北京からの来客にやや緊張しているようでした。おそらくマスコミには慣れていないのでしょう。それに共産党本部の中央広報機関であるCPTVの主任と、人民解放軍国際戦略学会の戦史室調査官という重々しい肩書きからプレッシャーを受けているのかもしれません。

「わたしどもはみなさんが要望するどのようなことにもご協力しますので、何でも申し出てください」

わたしたちがソファに腰を下ろすや、崔所長はうやうやしく申し出ました。

「ありがとうございます。それでは一服したら、日本人のインタビューを行う部屋とテレビ機材を置いておく場所を見せてください」陶ディレクターが要望を出しました。

お茶を飲みながら双方のスタッフが簡単な自己紹介をした後、わたしたちは車両から機材の搬入を開始しました。陶主任が崔所長と事前調整をしている間、わたしたちは蔡カメラマンの采配のもと、テレビカメラや三脚、照明など撮影機材を保管場所に指定された会議室内に運び入れました。胡アシスタントはタブレット端末を手に、持ち込んだ機材に不足しているものはないか細かくチェックし、追加分として予備のバッテリーと電線のコードを次の便で運んでくれるよう支局スタッフに指示していました。

一方、大型トラックに積まれていた大量の防音マットは、ローカルスタッフが別棟にあるインタビュールーム（もとは尋問室だったということです）に運び込んでいました。これは重労働だったので、施設の職員が総出で手伝ってくれました。

その後、わたしたちもインタビュールームを下見しました。この建物は、コンクリートむき出しの頑丈さだけが取り柄のいかつい建造物でしたが、室内は少しリフォームされたのか、壁はペンキ塗りたてで、まぶしいくらいに白くぴかぴかでした。そのうえ、新品のエアコンまで取り付けてありました。部屋の中央にはＣＰＴＶからの要望通り、鉄パイプ製の黒いテーブルと椅子が置かれ、ほかには何もないがらんとした空間はとてもシュールでした。鉄のテーブル上に花瓶かなにか突飛なアートをひとつ置けば、ここは立派な現代美術館になると思いました。

「どうも落ち着かないなあ」

陶ディレクターがため息を漏らしました。彼もわたしと同じ感想を持ったようでした。

「なあに、防音マットで囲めば、その中は親密な空間になりますよ」蔡カメラマンが言いました。「ただ、マットで囲うと空気がこもり、中は照明の熱で蒸し風呂になります。冷気を取り込み、空気を循環させないと、中では10分も耐えられないですよ。まあ、日本人を尋問するなら、そのほうがいいかもしれませんが」

そう言って蔡カメラマンはひひひと声を押し殺して笑いました。

「きみ、ちょっと、エアコンを入れてみて」

陶主任がスタッフに指示しました。エアコンに電源が入り、送風が始まりました。

「よかったぜ、最新型だ」蔡カメラマンが言いました。「旧式の音のうるさいやつだと、録音に支障が出るからな。よし、エアコンの送風口にビニールのダクトをつなげて、このテーブルのところまで冷気が来るようにしよう」

「その作業はまかせてください」

支局の呂次長が陶主任に申し出ました。

「わかった。お願いする」

ローカルスタッフの仕事は非常に早く、わずか2時間で防音壁とエアコンから延ばした空調ダクトの設置作業を終えました。

その後は照明と音声収録を担当する胡アシスタントの出番です。彼女は光量計とマイクを手に、撮影場所をくまなく歩きまわり、光量や音の響き具合がどのように変わるかチェックし、そのデータをタブレットに入力しました。するとパソコンのＡＩ機能により、照明やマイクの設置場所が指示され、カメラの位置なども決まりました。これに従ってローカルスタッフが室内に大型カメラ用の三脚や照明器材などを運び込み、さっそく照明の点灯試験などが行われました。最後に蔡カメラマンがテレビカメラを持ち込み、5ヵ所に置かれた三脚上に順番に設置し、撮影アングルや光量などの確認をし、撮影の準備はほぼ完了しました。

わずか半日でインタビュー用のスタジオができてしまうなんて、テレビ局の人間はすごいなと思いました。

その後、翌日のインタビューを想定してわたしと周中校がテーブルをはさんで向き合って座り、互いに質問と回答を繰り返し、音声収録機器の具合をテストしました。

さらに室内の電灯を消し、スポットライトを当てての試験も行いました。わたしが手に画用紙を持ち、胡アシスタントがわたしのまわりを歩き回って光の強さを測り、スタッフに光量の加減を調整させました。この間、蔡カメラマンは周囲に置かれた3台のテレビカメラを順番にのぞき込み、その高さやアングルを調整していきました。現場にはハンディタイプのカメラも持ち込まれ、移動しながらの撮影もテストしました。ここまれくれば、あとは明朝のリハーサルを経て、いよいよ本番の収録となります。

午前の仕事はこれで終わり、わたしたちは会議室でホテルが用意してくれた弁当を食べました。午後からは崔所長ら施設の職員も交え、翌日からの日本人捕虜のインタビューに向けたミーティングが行われました。

ここで陶ディレクターが撮影スタッフを前に、重大発表を行いました。

「じつは日本人パイロット2名うち、1名のインタビューが難しくなった。三峡ダムを攻撃した矢吹3佐の精神状態が悪化しているのだ。この半月、医師との意思疎通もできないような状況という」

これは当初のインタビュー計画をぶちこわしてしまうような話でした。

崔所長が補足しました。

「矢吹死刑囚は、入所した当初から患っていた精神障害が1ヵ月ほど前から悪化し、ここ半月は会話もできないような状態になっている。彼の症状には波があり、回復期にかかれば短時間ならインタビューにも答えられると思うが、このところ症状が悪化しており、いまはとてもテレビカメラの前に出せるような状態ではない」

「そこでだ」わたしたちを見回し、陶ディレクターが言いました。「矢吹の代替として、もう1人の鳥海のインタビュー時間を増やすことで、これを補いたいと思う」

わたしたちがこれまで3週間にわたり行ってきた矢吹3佐に対する準備はすべてむだになるのです。憮然とした表情で周中校が発言しました。

「そんな大事なことを、インタビューの直前になって持ち出されても困る。なぜ、前もって情報を開示してくれなかったのだ。われわれはパイロット2人に、それぞれ3日インタビューする準備をしてきたのだ。それをやめて、1人に6日間も充てるのか。それでは内容も単調なものになってしまうぞ」

「そんなことはわかっている」いらだたしそうに陶主任が答えました。

蔡カメラマンが手を上げました。なにか妙案がありそうです。

「主任、この際だから、ひとりに何でも自由にしゃべらせたらどうでしょう？　相手は無期懲役の囚人なんです。死ぬ前に、これだけは話しておきたいという事がきっとあると思うんです。それを相手に自由にしゃべらせてやれば、けっこういい話が出るかもしれませんよ。瓢箪から駒ってやつです。モノローグも、いいBGMでも流してやれば結構様になる絵になるかもしれませんよ」

「なるほど」呂次長が手を叩きました。

「だが、口の重い人間にはモノローグはむりだ」

陶主任の疑問に、崔所長が答えました。

「鳥海は人の前でもしっかりとした話ができる男です。なんでも、空軍の航空学校でパイロット教官を長く務めていたということで、彼は教師のようなタイプです。話す機会を与えてやれば、うまく話すと思います」

「あの……」胡アシスタントが手を上げました。

「どうぞ」陶主任が発言を許しました。

「メインのインタビューは、囚人服姿で撮影する予定でしたよね。後半は、その囚人服を脱がせ、彼に日本の軍服を着せたらどうでしょうか。じつは局のドラマ部の友人に頼んで、日本の航空宇宙自衛隊のパイロットスーツ一式をこちらに持ってきてるんです。小道具室にあったお古ですけど、これを彼に着せてモノローグさせれば、いい絵の雰囲気が出せると思いますが」

「それ、いいね！」陶主任が言いました。「グッドなアイデアだ。胡丹華、君は素晴らしい！」

そこで話は決まりました。鳥海2佐のインタビューは当初予定の3日間に加え、4日目のテストで矢吹3佐の収録が無理だと判断された場合、5日目と6日目は再び鳥海2佐に登場してもらい、そこでは軍服を着た鳥海2佐がモノローグで自分の体験や自身の思いを語るという新たなスケジュールとしました。

崔所長は、施設内の倉庫に保管されている日本人パイロットの資料も見せてくれました。そこでは、今年1月に撮影された2人の証明写真を見てわたしたちは驚きました。2人があまりにも老けこみ、まるで別人だったからです。わたしは若い頃の彼らの顔を知っています。2人ともすごくハンサムで、鳥海2佐には直接会い、サインをもらったこともあるのです。そのときの晴れやかな姿が自分の中には残っていました。ところが、ここで見た鳥海2佐の風貌は、丸刈りの頭は真っ白で、顔も痩せ、頬はげっそりとこけており、目はくぼみ、まるで80歳の老人のようです。青い囚人服の姿からはかつてのエリートパイロットだった面影はまったく見られませんでした。彼らの収容所での暮らしや労働については、わたしはまったく知りませんが、この10年は、彼らにとっておそらく50年にも匹敵する過酷で苦難な日々だったのでしょう。

ステルス戦闘機F35Bに乗っていた鳥海利治2等空佐は1995年6月7日の生まれの43歳で、出身は茨城県土浦市。航空学校出身でT4中等練習機、F15戦闘機、F35Aステルス戦闘機の飛行経験を有しています。T4というのは、もちろん第4航空団第11飛行隊のブルーインパルスです。家族は妻と子供が2人。

一方、矢吹光一3等空佐は1998年9月1日生まれの40歳。出身は山口県岩国市。防衛大学校の出身でT4、F2戦闘機、F3ステルス戦闘機に搭乗していました。家族は妻と子供1人です。

残された資料によれば、2人は服役中に3度、北京から来た日本大使館の職員と面会していますが、家族は一度もこの場所を訪れてはいません。鳥海2佐には1ヵ月に2通ほど、家族からの手紙が届いているということですが、矢吹3佐の方はここ3年、家族とはまったく音信不通であるということです。

三峡ダム攻撃作戦では、矢吹3佐がダムを空爆したF3ステルス戦闘機部隊に所属し、空母「いずも」から発進したF35B搭乗の鳥海2佐は東シナ海上空で攻撃部隊の支援にあたる陽動作戦に加わっていました。

ほかにも1名の日本人パイロット（鮎沢2佐）がこの施設に捕虜として収監されていたとのことですが、死刑判決を受け、すでに銃殺刑に処せられています。鳥海2佐は直接ダムの空爆には加担していなかったため、無期懲役の判決が下されたということでした。捕虜としての10年間が、彼らの肉体と精神にとてつもないダメージを与えていることは所内に残されたこれら写真からもわかりました。これを見て、わたしは急にインタビューの仕事の先行きに不安を感じました。陶主任や周中校も厳しい顔をしています。彼らもわたしと同じように不安感が高まっていたのかもしれません。

北京では、わたしたちは10年前の彼らをイメージしてインタビューの準備をしてきたのです。ところが、いま現在の2人は、半分死者のような存在でした。いえ、矢吹3佐の場合、ほとんど死んでいるのと同じです。もし今回、鳥海2佐から十分な話を取ることができなければ、この第3チームの仕事は完全に失敗となります。特番の編成替えも余儀なくされるかもしれません。これまで準備してきたことはすべて無駄になり、もし番組ができなくなれば、陶主任のキャリアにも大きな傷が付くでしょう。

「いまさらどうこう言っても仕方がない。やることをやるだけだ」

不安を打ち消すように陶主任が言いました。

「いいか、やつをおだてすかし、だめなら脅すんだ。そしてやつの中にあるものをすべて搾り取る。その後、パッチワークでも何でもいいから、ストーリーに仕立て上げるんだ。それがテレビマンってもんだ。やつも10年間、こんなところにいれば、胸の中では怒りや恨み、望郷の念などがどろどろと渦巻いているはずだ。そのツボを一押しすれば、ダムが決壊するみたいに、やつの中から言葉があふれ出てくるはずだ。おれたちはそれをそっくりいただけばいい。そのためには挑発し、怒らせ、侮辱し、気持ちを爆発させるんだ。やつは戦争犯罪者なんだ。誰に恨まれるわけでもない。いいじゃないか、おもしろいじゃないか。この仕事、おれたちの流儀でやり遂げてやろうじゃないか。みんな頼むぞ」

午後3時、わたしたちはフォルクスワーゲンに乗り込み、再び2時間かけて楽山市のホテルに戻りました。

「さあ、明日から真剣勝負だ。気をぬかないように頼むよ」

陶主任に発破をかけられ、ロビーでわたしたちは解散しました。

蔡カメラマンと胡アシスタントはそのまま市内に飲みに出かけるということで、一緒に行こうとわたしも誘われましたが、翌日の仕事が気になってホテルに残りました。17年もの時を経て、いよいよ明日、わたしは鳥海利治2佐と再会するのです。鳥海2佐に会う前に、もういちど彼のプロフィールを確認し、松島基地での最初の出会いなどもできるだけ思い出し、大事な明日の仕事に備えておきたいと思ったのです。

7

翌日は早朝5時に楽山市のホテルを出発し、7時過ぎに収容施設に入りました。朝食は車中で済ませるという慌ただしさでした。

緊張してインタビュールームに入ると、蔡カメラマンをチーフとする撮影チームは、すでにテレビカメラなど機材の点検を終えていました。そこで準備が整ったところですぐにリハーサルが始まりました。わたしと周中校が並んでテーブル前の鉄パイプの椅子に着席し、鳥海2佐に扮した呂次長が対面に座り、模擬のインタビューを行いました。周中校が中国語で質問し、それをわたしが日本語に訳し、これに呂次長が答えるという問答です。この間、撮影スタッフは周囲の3台の固定カメラを回し、音声を収録し、機材の最後の微調整を行いました。スタッフはエアコンからの送風状態にも問題がないか、念入りに点検しました。インタビュー場所には常にダクトから冷風が流れ込んでくるため、照明の熱も緩和され、これで準備万端、撮影の態勢は整いました。

鳥海2佐のインタビューは午前9時からの予定でした。周中校とわたしはもういちど発声練習をした後、別室で陶主任から最後の指示を受けました。主任が強調したのは、鳥海2佐との付き合いは6日間という長丁場になるため、絶対に相手の心証を害するな、という点でした。もし鳥海2佐が気分を損ね、彼が口を開かなくなればその後の撮影に大きな支障が出るので、初日はなによりフレンドリーさを前面に出し、相手に安心感を与え、心を開かせるよう努めてもらいたいと念を押されました。

9時前、わたしたちは黒い樹脂製の防音壁に囲まれたインタビューの区画に入りました。周中校は中国人民解放軍海軍の黒の制服、わたしはグレーのスーツに紺のネクタイを締めた正装で臨みました。テレビに映るのですから当然です。一方、画面に映らない陶主任や撮影スタッフはそれぞれポロシャツやTシャツといったラフな格好です。すでにカメラ、音声、照明など、各スタッフが持ち場に着いており、さながら映画の撮影現場のようでした。

黒いテーブルの前に陶主任、周中校、わたしが並んで立ち、主役の登場を待ちました。誰も言葉を発しませんでした。カメラを操作する音とエアコンのダクトから吹き出す冷気の音がかすかに聞こえるだけでした。とつぜん、わたしの中に恐怖心がわきおこりました。なぜそのような恐れの気持ちが生じたのかはわかりませんが、なにかに怯える恐怖心がふいに頭をもたげたのです。それはかつて自分の憧れの存在だった鳥海2佐がまったく違った風貌でわたしの前に現れ、わたしの心にのこっている大切なものをすべて打ち壊してしまうのではないかという恐れであったのかもしれません。

突然のスマートフォンの空気を震わす振動音が、その場の静寂を破りました。呂次長が液晶画面をちらりと一瞥し、「鳥海がまもなく到着します」と告げました。その直後、ドアをノックする音がし、鉄の扉が開きました。そして黒い制服を着た男たちがどやどやと入ってきました。警棒を持った看守たちです。その後から腰に縄を着けられた囚人が付いてきました。それが鳥海2佐でした。坊主頭は真っ白で、やせて猫背でした。腰も曲がっています。こんなに小柄だったかと思うほどでした。高校生の頃に会い、サインをもらった鳥海2佐は背の高いハンサムな青年でした。しかし、現れたのは老人であり、別人としか思えませんでした。額には大きな紫色の傷跡がのこっています。資料によれば、被弾してF35Bから緊急脱出した際に負った傷であるということでした。

撮影は囚人を護送する一団が入室してきたところからすでに始まっていました。胡アシスタントが手持ちのライトで鳥海2佐の顔を照らし、前方に立った蔡カメラマンは後ずさりしながら彼の表情をハンディカメラでとらえていました。照明をまぶしそうにしながら鳥海2佐は椅子に着席し、看守が足枷の鎖をコンクリートの床に埋め込まれた鉄の輪に、ガチャリと嵌めました。

「ニーハオ！」

そこに白いポロシャツ姿の陶主任が現れ、囚人に向かってにこやかにあいさつすると、鳥海2佐は驚いたように顔を上げました。すかさず、わたしが「こんにちは」と日本語に訳しました。

ここで看守たちはお役御免となり、その中のリーダーらしき1人が鳥海2佐の耳元に小声で何か言葉をかけ、一斉に部屋から出て行きました。鉄の扉には外から鍵が掛けられる音がしました。

あらためて陶主任が自己紹介をしました。

「わたしが今回のインタビューを統括するチャイナ・パシフィック・テレビ報道局のディレクター陶玉浦です。そしてこちらの海軍の軍服を着ているのがインタビュアーで人民解放軍国際戦略学会戦史室に所属する周健達海軍中校。その隣が通訳の李二郎君です。李君は日本の横浜生まれの華人です。このふたりがこれからあなたのインタビューを担当します。どうぞよろしく」

わたしが通訳する前に鳥海2佐は小さくうなずきました。中国語も少しはわかるようです。

「では始めましょうか」

陶主任の指示を受け、周中校とわたしも着席しました。最初に周中校が口を開きました。

「実はわたしもあなたと同じ戦闘機乗りなんです。若い頃は空母《遼寧》の艦載機パイロットでした。搭乗していたのは殲15戦闘機でした」

わたしが訳すと鳥海2佐ははにかんだ笑みを見せ、軽く頭を下げました。そして初めて言葉を発しました。

「ウォーシン・チョウカイ。サンシー・ヨーシン」

口にしたのが中国語だったので、ちょっと驚きました。声音は思っていたよりしっかりしていました。中国語であいさつしてくれたということは、わたしたちに敵意はないというメッセージでもあるのでしょう。すぐ横に立つ陶ディレクターの顔をちらりと見ると、主任も安堵の表情を浮かべていました。これでわたしたちの命はつながったのでしょう。

鳥海2佐が口にしたあいさつはとても古い言い回しでした。意味は「わたしは鳥海です。三世有幸（お会いできてうれしい）」です。三世は《前世・現世・来世》を意味し、有幸は《自分の死んだ後もよろしく》というニュアンスが含まれています。鳥海2佐は《来世》に思いをはせてこの言葉を使ったのでしょうか。

続いてわたしが自己紹介しました。

「通訳の李二郎です。わたしは高校まで横浜に暮らし、鳥海2佐がブルーインパルスのパイロットだった頃、松島基地でじつはあなたにお会いしています。T4ブルーの4番機に乗っておられましたね。その時にわたしはサインもいただきました。あなたの直筆サインはわたしの宝物で、いまも大切にしています」

わたしがそう言うと、鳥海2佐は「ありがとう」とこんどは日本語で答えました。彼は、もう大丈夫です。確信できました。鳥海2佐は日本語も忘れていません。

陶主任が手にしていた茶封筒を鳥海2佐の前に置きました。

「開けてみてください。ご家族からのお手紙です。北京の日本大使館から預かってきました。中にはご夫人、ご子息、ご令嬢の手紙と写真が入っていますよ」

わたしが通訳すると、鳥海2佐は驚いたような顔をし、陶主任に「シェシェ（それはどうも）」と言いました。そして骨ばった両手でぎこちなく茶封筒を開き、封書を取り出しました。万年筆で書かれた夫人の文面にしばらく目を落としたあと、中から写真を取り出し、じっと見入りました。その様子を3台の固定カメラと1台の手持ちカメラが同時に別アングルから撮影していました。鳥海2佐は便箋と写真を封筒に戻し、毅然とした表情で陶主任に言いました。

「みなさまのご配慮、誠にありがたく思います」

そして深々と一礼しました。

この手紙、じつは北京滞在中、わたしが日本大使館から預かってきたものです。日本政府にもCPTVが制作する「三峡ダム決壊10周年」の特別番組の趣旨を伝え、NHKとの共同制作がスムーズに進むよう、その協力要請を行ってきたのです。その際、1等書記官に鳥海2佐と矢吹3佐にインタビューを行う計画であることを伝えたところ、家族からの手紙を大使館から託されたのです。村上大使からもじきじきに「みなさんが制作される報道番組が今後の日本と中国の友好に寄与してくれることを願っています」とのお言葉をいただきました。そのこともこの席で鳥海2佐に伝えました。

陶主任は「この番組は日本でもＮＨＫで放映されます」と伝えました。「番組を通じてあなたのお元気な姿をご家族にもお見せすることができるでしょう。そしてあなたがお話になった内容は、これからの中日関係の改善にも間違いなく役立つはずです。周囲にテレビカメラがあって落ち着かないと思いますが、気にせず、どうかご自身の思うところを遠慮なくここでお話しください。あなたの言葉は貴重な歴史的証言として、後世にも残ると思います。それから、ここで撮影された映像はすべてあなたのご家族のもとにもお届けします。そのへんもご考慮に入れ、これからのインタビューにお答えいただけたらと思います」

わたしが日本語にすると、鳥海2佐は「わかりました」と話し、再び深々と頭を下げました。

ここに成都支局のスタッフがプラスチックのカップに入ったコーヒーを持ってきてくれました。鳥海2佐の前にもカップが置かれました。

「時間はたっぷりあるので、コーヒーを飲みながらお話しましょう。ホテルが用意してくれたコーヒーなので、とてもおいしいですよ」

陶主任がにこやかに話しかけます。これが有能なディレクターの姿なのでしょう。

「こちらでは空いた時間はどのように過ごされているのですか」コーヒーを一口すすり陶主任が質問しました。

「もっぱら本を読んでいます」鳥海2佐が答えました。

「どんな本ですか?」

「歴史小説が多い。最近では『背教者ユリアヌス』と『ローマ人の物語』がとてもよかった。ともに長編ですが、2度ずつ読んでます。人間はローマ時代から2000年の時を経ても、まったく変わっていないことがよくわかる」

「なるほど。現代小説は読まないのですか？」

「大使館が差し入れてくれるが、あまり読みたいとは思わない。いまの自分とあまりにもかけ離れているからだ。だから読むのはもっぱら『坂の上の雲』とか『井上成美』とか、歴史に関するものが多い。『竜馬がゆく』と『樅の木は残った』もよかった」

「いまの日本にはご関心はないのですか？」

「関心を持ちたいが、情報が制限されている。それに知るのが怖い面もある」

「これから周中校があなたに10年前の出来事をいろいろと質問しますが、すでに10年が経ち、あの戦争も歴史になりつつあります。そこで後世の人たちに向け、映像で当事者の記録を残しておきたいのです。戦争に参加した日本の軍人たちの。あなたがこれからお話しする内容は、すべて真実と考えてもよろしいですね」

「わたしが嘘を話すと？」

「いいえ、そういう意味ではありません。テレビで放映されると、視聴者はその内容をすべて真実だと信じてしまう。だから、放映する側には大きな責任があるのです。そこで、あなたにもインタビュー前に、これから話すことはすべて真実であると誓っていただきたいのです。裁判所でやる宣誓のようなものです」

「うたぐり深いんですね」

「ええ。疑うことこそマスコミの義務ですから。でも気を悪くなさらないでください。わたしたちは10年前の中日戦争の真実を明らかにする、そして後世に向け、決定版となる番組をつくろうと決意しています。両国が二度と過ちを繰り返さないようにね。ですから、これは真剣勝負なんです。ここにあるカメラで、あなたのすべてを残しておきたいのです。こう言ってはなんですが、三峡ダム攻撃作戦に関わった日本の戦闘機パイロットで、ご存命の方は数えるほどしかいないのです。ですから鳥海さん、あなたの証言がそのまま歴史的証言として残る公算も非常に大きい。まずは、そこのところをご理解いただきたい。そこで正式なインタビューを始める前に、あなたから真実のみを語るとテレビカメラの前ではっきりとお誓いしていただきたいのです。ぜひお願いします」

「なるほど。そうですか。ならば、ここであなた方にお誓いしましょう、わたしは自分自身が体験し、自分が考え、思ったことだけしか口にしないと。それをこの場でお約束する。あなた方にお誓いする。これでよろしいかな」

「ありがとうございます。あなたにそう言ってもらい、安心しました。じつは会社の上司が非常にうるさいもので」

そう言って陶主任はにこりとしました。

陶主任の話を聞いていて、わたしはふと1ヵ月前のことを思い出しました。それはＣＰＴＶの研修所での教育訓練中のことです。教官を務める50代のベテラン記者が話してくれた内容でした。

「10年という時間は人の気持ちを変えさせる。広島に原爆を投下したアメリカのＢ29爆撃機《エノラ・ゲイ》のパイロットも、第2次世界大戦中にユダヤ人を虐殺したナチスの幹部たちも、10年の時を経て重い口を開き始めた。三峡ダムの攻撃から10年、日本人パイロットたちもそろそろ本当の気持ちを話し始めるはずだ」

たしかに運命を悟った人は、自分が消えていく前にすべてを話しておきたいと願うものなのかもしれません。そうした意味では、今回の鳥海2佐へのインタビューも絶妙のタイミングであるのかもしれません。

鳥海2佐から誓約をとった陶主任はゆっくりとコーヒーを飲み干し、鳥海2佐に一礼して立ち上がると、静かに照明ライトの向こう側に消えていきました。これからは周中校とわたしのふたりだけでインタビューに当たるのです。

「それでは始めましょうか」

周中校の気合の入った発声で室内の照明が落とされ、周囲からスポットライトをあてられた鳥海2佐の姿が暗闇の中に浮かび上がりました。

「鳥海2佐、あなたは航空宇宙自衛隊のF35Bステルス戦闘機のパイロットとして三峡ダム空爆作戦においては、空母から発艦した陽動部隊の指揮官の一人として東シナ海の空戦に参加しましたね。あれから9年の歳月が経ちました。当時の中国空軍との空戦を振り返り、いまの率直な気持ちをお聞かせください」

質問にうなずいた鳥海2佐は、一語一語を噛みしめるように話し始めました。

「あの時からもう9年が経ったのか。なんという長い時間、自分が空から離れていたものだと思うと、我ながら呆れてしまう。なぜなら、自分は子供の頃から大空に向けて空に飛び立つことだけを思って生きてきたからだ。空を飛ぶこと以外に自分の取り得などなかった。だからこの9年間は自分の人生であるようには感じていない。それがいまの正直な感想だ。政治や外交への感想などはなにもない」

「毎日どのようなことを思い、過ごしておられるのですか?」

「あの時、なぜ自分は撃墜されたのか。それが第一。第二は、あの戦争で死んだ仲間たちのことだ。その思いを綴ったノートは20冊になった。わたしの本当の気持ちを知りたいのなら、それを読んでくれればいい」

「わかりました。所長の許可を得て、そのノートはあとで拝見させていただくことにしましょう。それでは、空戦当時のことについて聞きます。航空宇宙自衛隊のＦ３戦闘機の2個飛行隊が、インド東部からミャンマー上空を経て中国に侵入し、三峡ダムを目指して飛行中、あなたはどこで何をしていましたか？」

「わたしは沖縄本島南方を航行中の海上自衛隊の空母『いずも』からＦ35Ｂ戦闘機で飛び立ち、陽動部隊のリーダー機として温州東方沖に向かっていた。命じられた任務は三峡ダムに向けてミサイルを発射後、東シナ海に脱出してくるＦ３部隊を掩護するため、敵の戦闘機を自分の隊に引き付けることだった」

「Ｆ35Ｂは『いずも』から何機発進したのですか？」

「わたしの指揮下に入ったのは5機だった」

「その時、あなたは三峡ダム攻撃作戦の全容を知っていたのですか？」

「ああ。Ｆ３部隊の飛行ルート、その装備、発射地点などは発艦する直前の艦内ブリーフィングで通知された。関係者はあの作戦をＯＦＮと呼んでいた。陽動部隊はわれわれのほか、空母『かが』からのＦ35Ｂ、それに沖縄の島嶼部からＦ35Ａ、Ｆ15、Ｆ３の部隊が飛び上がり、それぞれＯＦＮ支援のための役割を担っていた」

「ＯＦＮとは何の略ですか？」

「オペレーション・フライング・ニンバスだ。日本語で《筋斗雲作戦》とも呼んでいた」

「なるほど。それであなたはＯＦＮの作戦が成功すると思っていましたか？」

「むずかしい質問だ。ＯＦＮについては部内でも反対意見があった。策源地攻撃の一環だとしても、あまりに冒険しすぎるというのがその理由だ。シミュレーションでもパイロットの生存帰還率は50％を下回っていた。生存率70%以下の作戦は実行すべきではないという意見も多かった」

「それでも、若柴総理は自衛隊に作戦遂行を命じた。なぜだと思いますか？」

「台湾を救うためだろう。中国軍の再度の台湾侵攻作戦が迫っていた。米軍が東欧と中東の戦争で手いっぱいの状況の中、台湾を救えるのは日本の自衛隊だけだった。アメリカの強い要請を受けて、総理も決断するしかなかったのだと思う」

「日本にとって台湾はそれほどまでに重要なのですか？」

「軍事的、地政学的に非常に重要だ。台湾が中国にとられれば中国海空軍の太平洋への道が開かれ、日本は西に加えて、南、そして東からも中国海空軍の脅威を受けることになる」

「あのときの日本政府の状態をあなたはどのように見ていましたか？」

「政府はとても焦っているように見えた。アメリカもだ。ブキャナン大統領はＮＡＴＯの準加盟国ウクライナに再度本格侵攻したロシアを阻止するため、米軍の大部隊を東欧に派遣した。また中東ではイスラエルがイランの核施設を攻撃したことで、イランがホルムズ海峡を封鎖、さらにイスラエルとサウジアラビアに弾道ミサイルを撃ち込む事態となった。アメリカはこれら危機に対処するのに手いっぱいで、とても極東の台湾を助ける余裕はなかった。台湾への軍事支援は日本に任せたのだ」

「在日米軍は動かなかったのですか」

「在日米軍の主力の多くは中東の湾岸国に回され、日本にはほとんど残っていなかった」

「中日間の戦争の発端は中国空母『遼寧』の撃沈ですよね。カンボジア訪問からの帰り、南シナ海で『遼寧』は国籍不明の潜水艦から雷撃を受けて沈没した。中国はそれを音紋から台湾の潜水艦によるものであると発表し、海上自衛隊のＰ１哨戒機が上空で支援していたと日本を非難した。その報復として中国軍は日本と台湾の海上・航空部隊に対しパルス弾攻撃を行った。この紛争をあなたはどう見ていましたか？」

「中国が自国の空母の沈没を口実に、台湾侵攻を狙っていると思った。米軍は欧州と中東で手いっぱいで動けない。中国はこのタイミングで軍事力による台湾併合を決断したと思った」

「中国のパルス弾への反撃として、三峡ダムを最初に攻撃しようとしたのは台湾でしたね。そして台湾が失敗すると、こんどは日本がダム攻撃を担った。そこまで三峡ダムにこだわった理由はなんですか」

「日本は核戦力をもたないからだ。核兵器を持つ中国と対等に政治的に渡り合うには、こちらにも核兵器に匹敵する軍事的手段があることを示す必要があった」

「中国軍が台湾空軍のドローン攻撃隊をパルス弾で壊滅させ、福建省の沿岸では５個師団規模の新たな大軍が台湾上陸の準備をしている最中、台湾軍が三峡ダムに向けて長距離巡航ミサイルを発射しましたね。あなたはあれをどう思いましたか？」

「台湾もいよいよ追い詰められたと思った。マッハ３の巡航ミサイル『雲嶺』は台湾にとって最後のカードだった。迫りくる中国の大軍の侵攻をせき止め、その間に国際社会に救援を求めるための時間かせぎの最終兵器だった。それを台湾が使ったと聞き、この戦争はついにヤマ場を迎えたと思った。そして発射されたミサイル『雲嶺』のほとんどが大陸に達する前に中国海軍のイージス艦によって撃ち落されたと聞いて、非常にまずいことになったと思った」

「その頃、アメリカのブキャナン大統領から日本の若柴首相に台湾救援の要請が入っていたのですね」

「さあ、どうだろう。政治のことはわたしにはわからない」

「では、航空宇宙自衛隊のＦ３部隊が三峡ダムの攻撃準備を始めたのはいつですか」

「ＯＦＮは極秘作戦だったから、わたしのレベルではいつから準備が始まったのかは知らない。ただ、空母『いずも』が台湾近くで作戦をするので、その準備のための指示があった。空自の三峡ダム攻撃の３ヵ月くらい前のことだ。そしてＦ35Ｂの発着艦訓練の時間が２倍に増やされた。いよいよ何かが始まると思った。おかげで、われわれパイロットは初めて存分に戦闘訓練ができた。標的機を飛ばしての空対空ミサイルの実射訓練まで加えられたのだから」

「ＯＦＮの編制については聞いていましたか？」

「ブルーインパルス時代の仲間からは、うわさを聞いていた。築城のＦ３部隊が日豪共同訓練のためにオーストラリアに向けて出発すると聞き、この台湾有事の大事な時になんでわざわざ虎の子のステルス機をオーストラリアくんだりまで派遣するのか不思議に思ったことは覚えている」

「それがＯＦＮ部隊だったわけですね」

「ああ、そうだ」

「日本はそこまでやる必要はあったとお考えですか？」

「中国軍は日本が台湾を支援していると非難し、沖縄や小笠原の島嶼部も同時に攻撃してきた。在日米軍がいないことをいいことに、中国軍はやりたい放題だった。無人機が配備されていた硫黄島基地に続き、南下中の海自の１個護衛隊群がパルス弾でやられた。日本が国連に訴えると、中国はすかさず拒否権を発動し、外交部はそれが言いがかりであると国際世論に向けて全面否定し、世界を黙らせた。防衛省・自衛隊内では、中国に対して力を示さなければならないという意見が強まった。このままでは台湾と同時に、沖縄の島々も中国軍に占領されるとの危機感があったのだ。その後、アメリカ政府からの要請もあり、台湾が失敗した三峡ダム攻撃を日本の自衛隊が代わって遂行すべきだという意見も出てきた。三峡ダム攻撃に向けた各種情報については、台湾からアメリカを通じて日本政府に提供されたらしい」

鳥海2佐と周中校の会話はとても緊迫した内容だったので、わたしは必死になってこれを通訳しました。このやりとりでふたりともさすがに疲れたようで、ひと息ついたところで、ふたりは揃ってコーヒーをおかわりしました。

10分後、インタビューが再開されました。

「航空宇宙自衛隊の三峡ダム攻撃は台湾を救うためだったのですか。それとも中国のパルス弾攻撃を止めさせるためだったのですか？」

「それはわたしにはわからない。個人的な印象としては、その両方だったと思う。あのままでは台湾は中国に占領され、日本の南西方面の防衛もあやうくなる。それを防ぐためには日本の防波堤でもある台湾を救う、政治的決断が必要だった。それに加え、硫黄島と海自の艦隊を全滅させられ、中国軍に断固として反撃すべきだとの自衛隊内の空気も強まっていた」

「三峡ダム攻撃はそれに応えるものであったと思いますか」

「ペイント弾攻撃は、政治的なデモンストレーションになるとは思った。中国のシンボルである三峡ダムのコンクリートの壁に、赤ペンキで日本の《軍艦旗》を描けば、内外に日本の軍事力の強さを示せる。そして政治家が次は実弾でダムを破壊すると脅せば、中国の首脳部に恐怖心をもたせ、台湾への侵攻を思いとどませることができると考えたのではないか」

「あなたはOFNを支持しましたか？」

「ああ、日本の不利な戦局をひっくり返すには、そうした奥の手も必要だと思った。あの当時、国民は若柴内閣の弱腰を非難していた。NHKと共同通信の世論調査では、たしか70％近くの国民が何らかの力の行使を求めていた。その中には敵基地攻撃を実行せよ、との意見もあった。航空宇宙自衛隊はその世論の意向に後押しされる形で、あのOFNの作戦を練り上げ、決行したのだ」

「中国との全面戦争になるとは考えませんでしたか？」

「『いずも』艦内でのブリーフィングで初めてOFNの決行について聞いた時、もしかしたら日中戦争の火に油を注ぐことになるのではないかとの懸念もたしかにあった。だが、無害なペイント弾攻撃だったため、中国側も日本の政治的なメッセージを正しく受け止めてくれるものと思った」

「戦局は、この作戦で変わるとお考えでしたか？」

「ええ。中国との全面戦争だけは避けねばならなかったが、日本が一方的にやられた状況で停戦することだけはよくないと考えていた。日本には中国の《2弾1星》に対抗できるものがない。核兵器と同様の政治的インパクトがある三峡ダムへのペイント弾攻撃は有効だと思った。ただし、成功すればの話だが」

「いま出た《2弾1星》とは何ですか？」

「それは中国のみなさんならご存知でしょう。日本にない原爆と水爆、それに宇宙兵器です。中国は《2弾1星》をふりかざして日本に圧力をかけてきた。自衛隊の衛星通信が不通になったのも、中国の対衛星兵器によるものとわれわれは見ている。アメリカが手いっぱいで台湾救援に動けない中で、われわれは生存のため、あの時、何かをやらなければならなかったのだ」

「OFNでは生還率は50％以下ということでしたが、参加したパイロットたちは志願したのですか？」

「OFNのメンバーたちがどうだったかは知らない。しかし、支援部隊であるわれわれ《海猫隊》のメンバーに限れば、全員が志願して飛び立った。空戦を恐れる者などひとりもいなかった。中国空軍の殲20、殲35など、相手機の性能とその搭載武器の威力についてはわかっていた。われわれのF35B戦闘機はそれを上回る能力と装備を有していた」

「OFNの攻撃部隊の搭乗員たちもそのように考えていたと思いますか」

「ああ、もちろんだ。OFN部隊の攻撃能力はさらに高かった。日英で共同開発されたF3戦闘機――われわれは開発時のコードネームから《心神》と呼んでいた――は当時の世界最強の第6世代戦闘機だった。米空軍が誇るF22のステルス性、機動性、航続距離に優り、宇宙や海上のアセットも利用でき、ネットワーク戦を自在に駆使して戦える最強の戦闘機だった。旧日本海軍がハワイのパールハーバーを攻撃したとき、日本に《零戦》があったから遠方から奇襲攻撃ができたように、三峡ダム攻撃では航空宇宙自衛隊に《心神》があったからこそ、ああした作戦が立案され、誰も想像すらしない、インドからのヒマラヤ迂回ルートで奇襲攻撃ができたのだと思う」

「日本の三峡ダム攻撃では、アメリカ、台湾、オーストラリア、インドが空自部隊を支援していたのですか？」

「わたしのレベルではそのような外交的なことはわからない。だが、三峡ダム攻撃については、ダムの完成時から台湾が極秘に情報を集め、その攻撃方法を研究していたというから、その情報が日本に提供されたのであれば、その情報は航空宇宙自衛隊が対地攻撃作戦を組み立てるに当たって貴重なものになっただろう。そのほかの国との関係については知る由もないが、オーストラリア、アメリカ、インドがＯＦＮ部隊のために航空基地を提供し、空中給油にも協力してくれたというなら、確かにクアッド（日米豪印）の国々が空自部隊をサポートしてくれたと言えるかもしれない。Ｆ３の機体への支援ではもちろんイギリスも協力してくれていただろう」

「中国の三峡ダムが攻撃目標というＯＦＮの作戦計画を初めて知って、同僚のパイロットたちの反応はどうでしたか？」

「みな興奮していたよ。無人機と組み合わせれば、パイロットの生還率は85％まで高まるだろうと話し合っていた。わたし自身はさっきも言った通り、少し過激すぎるアイデアだと思った。理由は未知の空域であるインド側からの飛行ルートに不確実性があったからだ。航空宇宙自衛隊のパイロットはヒマラヤ山系など誰も飛んだことがない。日印親善訓練でインドまで飛び、インド大陸上空で訓練をしたことはあるが、その時の飛行ルートは行きも帰りも南回りだった。もうひとつ、不確実だったのが空中給油の問題だ。Ｆ３はあの時、翼下に大型の巡航ミサイルと偵察用無人機を搭載し、ふだんより多くの燃料が必要だった。中国大陸を高速で横断し、その途中でミサイルを発射し、東シナ海に脱出するには燃料がフルに必要だった。ダム攻撃後には中国軍が直ちに反応し、前方には途方もない数の敵機が上がってくる。もし交戦し、ドッグファイトになった場合、さらに燃料が必要になる。これに備えるには、ミャンマー領空に入る直前、インド・アッサム州上空で空中給油を受けねばならない。ＯＦＮ部隊にそれができるのか。この2点にわたしは不安を感じた」

周中校は顔を上げ、ここで少し声音を変えました。

「鳥海2佐、ちょっと待ってくださいよ。いいですか、ダム攻撃は完全にジュネーブ条約違反なんですよ。ダムや堤防、原子力発電所などへの攻撃は、国際法で厳しく禁止されている。このことを、日本の航空宇宙自衛官は知らないのですか？」

鳥海2佐は平然と答えました。「もちろん知っていますよ。それは確か、第2追加議定書の中にありますね。ジュネーブ条約についてはわれわれ航空宇宙自衛官も、奈良の幹部候補生学校や東京・目黒の幹部学校でしっかりと学んでいます」

「それなのにあなた方は平然と三峡ダムを攻撃した。そしてダムは決壊した」

「繰り返しますが、われわれの目的は威嚇でした。2022年にロシア軍がウクライナのダムを対地ミサイルで破壊し、決壊させたのとは根本的に違う。1981年、イスラエル空軍機がイラクの原子力施設を空爆したのともまったく違う。空自は実弾を使っていない。使ったのはペイント弾だ。弾頭には赤ペンキが入っていたんです。あくまでデモンストレーションだった。だからジュネーブ条約には違反していない。中国こそ、パルス弾という大量破壊兵器の核弾頭を使って日本の艦隊を壊滅させたではないか。わが国はそれに対抗するため、通常兵器であっても相手に大きなダメージを与えられる、特別の策源地攻撃能力があることを、中国に知らしめる必要があったのだ」

「だが、日本空軍の攻撃によって三峡ダムは決壊した。本当にダムが決壊するとは思わなかったのですか？」

「もちろんだ。ペイント弾でダムを破壊できるはずはない。そんなもの、赤ワインのボトルをコンクリートの塀にぶつけたのと同じだ。わたしは三峡ダムの決壊には何か陰謀が隠されていると見ている。それにあの時、ＯＦＮ部隊の対地目標は三峡ダムだけではなかった。ルート上にはほかにも攻撃目標があり、Ｆ３部隊はそちらにも模擬攻撃を実施している」

「ほう、それはどこですか。具体的に基地名を教えてください」

「それは……南部戦区の雲南基地、湘西基地、東部戦区の皖南基地だ。同僚からのまた聞きなので確かかどうか真相はわからないが。いずれも日本の都市をねらう中国軍の弾道ミサイル部隊の基地だ。これらも日本のステルス機で攻撃できることを中国側に知らしめたのだ」

「それら弾道ミサイル部隊の基地を叩くデモも飛行中に行ったというのですね？」

「そうだ。飛行ルート上の近くにそれら基地はあった」

「ＯＦＮ部隊による奇襲攻撃が中国政府の言動に決定的な影響を与えると考えましたか？」

「ああ。われわれの行動を無視することはできないはずだと思った。航空戦史にも前例があるからね。第４次中東戦争でエジプト軍の奇襲攻撃を受けたイスラエルは、エジプト戦車軍団の侵攻を止めるため、ナイル川上流にあるエジプトのアスワン・ハイ・ダムに攻撃を行った。この時に使われたのがペイント弾だった。エジプト政府は驚いてシナイ半島を驀進中の戦車部隊の前進を止めた。アスワン・ハイ・ダムが決壊すれば首都カイロが壊滅するからだ」

「それは答えになっていませんよ、鳥海２佐。もういちど聞きます。あなたは空自機の攻撃で三峡ダムが決壊すると一度も考えたことがなかったのですか？」

「正直に答えよう。少しは考えた。もしダムが決壊したらどうなるかは考えた。ぞっとした。そこで考えることはやめにした。ペイント爆弾ではダムは破壊されない。だから、コラテラル・ダメージは回避される。そう考えて自分を納得させた」

「コラテラル・ダメージとは？」

「民間人の犠牲者のことだ。われわれは絶対に中国の一般市民には被害を出したくなかった」

「でも、ダムが決壊すれば中国人民に凄まじい被害が出るでしょう」

「さきほども述べたように、ペイント弾でダムが決壊することなどありえない。その後のダム決壊については、ダム本体に何らかの欠陥があったのだとわたしは信じている。あるいは何か、陰謀が隠されているのかもしれない。いずれにせよ、ダムの決壊は決して航空宇宙自衛隊の攻撃によるものではない」

「鳥海2佐、日本国民は空自のOFN作戦を支持してくれると思いましたか？」

「ええ。国民の半数は、中国に一矢報いることを防衛省・自衛隊に強く求めていた。国民の支持なしに自衛隊は作戦を行えない。それにOFN作戦を日本国の総理に提案したのはアメリカ大統領だった。豪・ダーウィン、米・ディエゴガルシア、印・グワハーティーの各基地がOFN部隊のために提供され、物理的にも能力的にも三峡ダム空爆作戦は可能になった。クアッド4ヵ国の間ですっかりお膳立てができてしまい、日本政府も、もはやできないとは言えなくなってしまったのかもしれない」

「日本はアメリカに騙されたとは考えていませんか？」

「まさか！　アメリカとはすでに90年間も同盟国の関係にある。アメリカの苦境を知っていたからこそ、あの時、日本は行動したのだ。苦しい時に助けるのが真の友、真の同盟国なのだ」

ここで光の中に陶ディレクターが現れ、「みなさん、疲れたでしょう。ここで少し休憩にします」と言いました。周中校と鳥海2佐の議論は伯仲し、わたしも通訳することにくたくたでした。しかし、ここまでは良い映像が撮れたはずです。初日から収穫は大きかったと思いました。それは陶ディレクターも同じだと思います。彼もとても機嫌がよかったですから。テーブルには紅茶とビスケットが置かれました。わざわざティーセットまで用意してくれたローカルスタッフのみなさんの気配りにも感謝です。

15分の小休止をとって再びインタビューの続きが開始されました。

「鳥海2佐、あなたはF35B戦闘機のパイロットとして、初の実戦にどのような気持ちで臨みましたか。あなたの任務にはやりがいはありましたか？」

「自分は出撃する前、大東亜戦争中の零戦パイロットたちのことを考えた。自分にいま一番近いところにいる人間は彼らだと思ったからだ。戦後、平和だった頃の日本の戦闘機パイロットの仕事といえば、訓練で飛ぶか、日本の領空に近づいたロシアや中国の航空機に向けてスクランブル発進するくらいしかなかった。自分もそうした平凡なパイロット生活でキャリアを終えるものとずっと思ってきた。だが、キャリアの最終盤に本番がやってきた。パールハーバーを奇襲攻撃し、マレー沖でイギリスの戦艦『プリンス・オブ・ウェールズ』を撃沈した大日本帝国の戦闘機パイロットたちと同じように、歴史に名を刻める機会が自分にも訪れたのだ。だから、作戦への参加を打診された時はおもわず鳥肌が立った。あのとき、わたしと同様に志願するパイロットたちが殺到したのも、同じ理由からだったと思う」

「あなたに作戦への参加を決意させたものはなんですか？」

「日本人としての誇りだ。そして自分も零戦のパイロットたちと同じく、サムライとして後世に名を残したかった」

「たとえば？」

「空母『赤城』飛行長の淵田美津雄中佐かな」

「あなたは東シナ海の空戦で、ご自身の搭乗機が撃墜されるまでに何機の中国軍機を撃ち落としましたか？」

「おそらく3機……撃ち落としたと思う。空対空ミサイルを4発発射し、そのうち3発に手ごたえがあった……」

「鳥海2佐、あなたは宮古海峡南方に配置された空母『いずも』から飛び立った《海猫隊》の隊長でした。任務はOFN部隊の掩護でした。それでは、あなたが知るOFN主力部隊の編成を教えてください」

「OFNの作戦には、F3の有人機2機と無人機3機の計5機で編成された対地攻撃隊が2個投入されていた」

「なぜ、その編成に？」

「パイロットの生還率を高めるためだ。攻撃された時、無人機が囮になって有人機を守り、脱出させるのだ」

「2個隊が投入された理由は？」

「飛行中、どちらかの隊に不具合が発生した場合に備えた予備だ。最初に《銀燕隊》、続いてその2分後に《黒鷺隊》がインド・アッサム州のグワハーティー空軍基地から発進したと聞いている。リーダー機の有人機――M――が翼下にASM5巡航ミサイルとガンカメラを付けた高速無人機TACOM2を搭載していた。サブリーダーのMが直下に配置されたダイヤモンド隊形の先頭を務め、3機の無人機――UM――を統制した。リーダー機はダイヤモンドの隊形をとったMとUM4機の中央上部に位置をとり、敵の地上レーダーに捕捉されない隊形を保持して飛行した。5機は三峡ダムに向けて巡航ミサイルASM5を発射するまで、このダイヤモンド隊形を維持して飛んだのだ」

「えっ、なぜそのようなことを？」

「リーダー機の翼下に搭載されたミサイルと無人機をほかのステルス機4機で隠すためだ。小型ミサイルならF3の胴体内――ボムベイ――に収納できるが、大型のASM5と無人機はそうはいかない。そこでほかのステルス機4機がダイヤモンド隊形を保ち、リーダー機翼下の装備が敵のレーダーに映らないよう、自分の機体で隠したのだ。まさに究極のステルス編隊だ」

「攻撃の時までずっとその密集隊形で飛んでいたのですか？」

「ああ。元ブルーインパルスのメンバーたちだからこそ、できた芸当だ」

「それはすごい！　各機はどのくらいまで接近していたんですか？」

「5メートルくらいじゃないかな」

「ううむ……」元戦闘機パイロットの周中校にはその隊形保持の難しさがわかるのでしょう。

「無人機の追随には問題なかったのですか？」

「飛行ロボットのUMはそういうのが得意だ。アイサイトとAIでリーダー機とほかのM、UMの距離を測って隊形を保ち、そのままどこまでも付いてくる」

「航空宇宙自衛隊では有人機と無人機の統合は進んでいるのですか？」

「F3テンペストが導入されてからだ。この機はM・UMの2機種が同時に開発された。通常はMが後方に陣取り、前に出る攻撃部隊のＵＭを遠隔でコントロールする。わたしの知る限り、ＵＭの事故は飛行試験中の一度きりだ。いまではＵＭが有人機の身代わりとなってくれている」

「今回の三峡ダム空爆作戦でＭ・ＵＭのシステムは機能したと考えますか？」

「さあ、それはどうかわからない。わたしは評価結果を知らないから。しかし、ＯＦＮ部隊はミサイルを発射するまで中国軍には探知されておらず、三峡ダムへのペイント弾攻撃にも成功した。だから少なくとも、作戦の半分は成功したと言えるのではないか。しかし、ＯＦＮの全機が沖縄に帰還できなかった。その意味では半分は失敗したと判断せざるを得ない」

「ＯＦＮの部隊がミャンマー国境側から中国に侵入した理由は？」

「単純なことだ。中国の防空網が一番手薄だったからだ」

「中国に侵入する際、ＯＦＮが飛行中の民間旅客機の後方に付いてカムフラージュしたという情報もある。それは本当か？」

「その件についてはわたしは何も知らない」

「もし事実なら、それは正しいことなのか」

「軍事作戦に民航機を巻き込むのは良くないと思う」

「ＯＦＮの飛行ルートは、ミャンマーのネピドーから中国の昆明に至る民間の航路と重なっていた。そしてＯＦＮが飛行していた同じ時間帯にミャンマー航空のボーイング787がこのルートを昆明に向け飛行していた。ＯＦＮの部隊は、その機体の陰に隠れていたのではないか？」

「その情報は初めて聞いた。あの時、われわれの関心事はＦ３部隊の飛行コンディションだけだった。民航機の位置表示については覚えていない」

「飛行コンディションとは？」

「位置、高度、速力、向かい風速度、ミサイル発射地点までの距離と時間、そして燃料の残量などだ」

「F3部隊のコンディションはどうやって知ったのですか？」

「CEC（共同交戦能力）のデータリンクを介してだ」

「衛星通信の一種ですね」

「ああ、OFNからのデータは常時われわれの機にも届いていた」

「OFNの部隊は事前にどこで訓練をしたのでしょう？」

「本番前にリハーサルを3回実施したと聞いている。おそらく日本からオーストラリアに飛ぶ間、次いでインド洋のディエゴガルシアまでの経路、そしてインドの東部グワハーティーまでの飛行だ。この間、両隊の5機はずっとM・UM機のダイヤモンド隊形を保持して飛行し、本番に向けての練度を高めたのだろう」

「OFN部隊がインドを発進したとき、あなたはどこにいました？」

「空母『いずも』艦内にあるブリーフィングルームだ。大きなモニターにインド東部からミャンマー、中国南部にかけての地図と《銀燕隊》《黒鷺隊》の航跡が表示されていて、飛行経路上のイニシャル・ポイントを通過するたびに両隊から信号が衛星経由で届いていた」

「位置情報だけですか」

「さっき話したF3各機の飛行コンディションも同時に届いていた」

「あなたが『いずも』を飛び立ったのはいつですか？」

「《銀燕隊》と《黒鷺隊》が相次いでミサイルを発射した後だ」

「あなたが乗ったF35Bが搭載していた武器を教えてください」

「兵装は最大搭載のビーストモードで上がった。胴体内のウエポンベイに長射程の空対空ミサイルAIM260を4発。さらに翼下にAIM260を計8発。そのほか短射程のAIM9を翼先端に2発搭載していた。これで機体重量が増したため、燃料は3割しか積めなかった。このため『いずも』を飛び上がってすぐに上空でKC46Aから空中給油を受けた」

「その後、温州沖に向かったわけですね。OFN部隊との直接の交信はできたのですか」

「無線封鎖されていたので最後まで交信することはなかった。攻撃ポイントの長沙上空でミサイルを発射した後、OFN部隊は東に変針し、高速で東シナ海への離脱を図っていた。われわれは入ってくる彼らの位置データを見ながらパイロット4人の中国からの無事脱出を祈るだけだった」

「湖南省の長沙市といえば、中国人にとっては大切な《毛沢東故居》があるまちですね。長沙市が発射地点に選ばれた理由はなにかあるのですか」

「さあ、それは知らない」

「あなたはOFN部隊を援護する陽動作戦部隊の指揮官の一人でしたね。あなたの部隊の編成を教えてください」

「わたしは『いずも』艦載の戦闘機隊《海猫隊》の隊長だった。隊は6機のF35Bで編成されていた。宮古島東方沖で離陸した後、空自のKC46Aから空中給油を受け、南西諸島を飛び越えて中国大陸の温州沖に向かった」

「その時の作戦内容を教えてください」

「OFN部隊を迎撃するためにスクランブル発進した中国軍機をわれわれに引き付けることだ」

「相手の中国軍機の動向はわかっていたのですか？」

「ええ。CECの情報が届いていた。さらに後方のAWACS（早期警戒管制機）と沖縄の防空指揮所からもレーダー情報が届いていた。操縦席のスクリーンには中国の寧波、義烏、福州など各空軍基地から航空機が一斉に飛び立っていく状況がリアルタイムでわかった。それら敵機を引き付けるためにAWACSから各部隊に細かな指示が出されていた」

「この時、航空宇宙自衛隊からは何機ぐらいが中国沿岸に向かっていたのですか？」

「支援にあたるAWACSやタンカー（空中給油機）を含めて50機くらいいたかな。そのほか緊急脱出したパイロットを海上で拾い上げるUH60J救難ヘリや海自のUS2救難飛行艇も空中に待機していた」

「沖縄からは那覇だけでなく、石垣島や下地島からも飛んでますね。これらはみなF35Aですか？」

「一部F15戦闘機もいたと思う」

「F15は20機も発進していますよ。旧式の戦闘機が加わったわけは？」

「陽動作戦を行うにはレーダーに映る機が必要だ。それにF15は古いが、いい機体だ。ミサイルもたくさん積める」

「なるほど。50機からなる空自の戦闘機部隊が、夜明け前に一斉に中国領空に向かったわけですね。あなたは中国の領空も侵犯していますね」

「それは中国側が主張しているだけだろう。われわれは領空の外にいた」

「50機もの戦闘機は、中国軍を驚かせるのに十分だ。交戦になると思いましたか?」

「いや。相手が近づいてきたところで引き帰す計画だったから、交戦にはならないと思っていた。われわれの任務はOFN部隊を安全に脱出させるための時間稼ぎだ。同時に相手の部隊を疲れさせ、燃料を使わせて敵の防空網を突破してくる《銀燕隊》と《黒鷺隊》の道を開け、彼らの脱出を掩護することだった」

「あなた方が上空で待機中、OFNが放った長距離巡航ミサイルが2発とも三峡ダムに命中していますね。その時の感想は?」

「和泉、鮎沢、よくやった! お前たちの名前は歴史に刻まれたぞ! それだけだ」

「ふたりは両隊のリーダーですね」

「ああ。ふたりともよく知るわたしの友人だ。彼らは歴史的な作戦を成し遂げた」

「それでは、午前中の最後の質問です。OFN部隊の攻撃によって三峡ダムが決壊しました。このことについて、あなたに中国国民へのお詫びの気持ちはありますか?」

「決壊した理由は先ほども述べた通り、自衛隊の責任ではないと確信している。だが、三峡ダムが決壊したことは事実であり、それに関してはとても残念に思っている。ダム決壊による大洪水で大きな被害を受けた中国のみなさんには同情し、心よりお見舞いを申し上げる。いつか、この悲劇を乗り越えて、日本人と中国人の心が結ばれることを願っている」

「三峡ダムの決壊で、中国では340万人が犠牲となりました。また、被災した住民は3億人にのぼります。これに対しては?」

「被災者の皆さまには、深くお見舞い申し上げる。もう元には戻れないこともわかっている」

「元に戻るとは？」

「加害者と被害者がいなかった時代には戻れない、ということだ」

「罪悪感はありますか」

「ダム決壊の理由は別として、被災された方々には誠に申し訳なく思っている。被災者の傷が一日も早く癒され、被災地が復興し、日本と中国の関係が修復されることを心から祈っている」


集中してインタビューにあたっていた周中校が、大きく息を吸い込みました。ようやく、この日の収録が終わりました。時計を見ると、もう午後1時を回っています。3時間以上にわたってインタビューをしていたことになります。カメラマンも録音係も、みな疲れ果てているようでした。周中校と鳥海2佐は、同時にテーブルに置かれた水の入ったコップを手にとり、冷たい水で唇と喉を潤していました。

「みんな、お疲れさまでした。さあ、昼休みにしましょう」

陶ディレクターが周囲のスタッフに昼休みを告げました。

すると、支局の呂次長が段ボール箱に入った弁当を抱えて現れ、「ホテルでちょっと豪華なお弁当をつくってもらいました。みなさん、こんな場所で申し訳ありませんが、どうぞゆっくり召し上がってください。鳥海2佐もスタッフとご一緒にどうぞ。すぐにお茶も用意しますからね」

囚人である鳥海2佐と一緒の食事というのは、たいへんな配慮です。政治力がなければとてもそんなことはできません。これも陶ディレクターの力なのでしょう。鳥海2佐本人もこの扱いに非常に驚いていました。

所長から命令を受けたらしい看守2人がやってきて、鳥海2佐をトイレに連れていきました。そしてみんながそろったところで、崔所長と呂次長も加わり、奥の会議室のテーブルで一緒に食事をとりました。その鳥海2佐を囲んでの食事風景を、蔡カメラマンと胡アシスタントが手持ちカメラで撮影していました。ということは、これも番組用の一場面として計画されているのかもしれません。

鳥海2佐は、赤い弁当箱に入ったホテルの豪華なランチに感激しているようでした。

「こんなにうまい食事はここに来て初めてだ」

わたしの顔を見てそう言いました。

胡椒と薬味をきかせて焼かれた柔らかなピリ辛の牛ステーキ、四川風に炒めた香味野菜、甘くとろけるような卵焼き、茴香（ウイキョウ）と肉桂が入ったザーサイなど、一品一品が見た目も味も最高でした。

「海上自衛隊では艦船の食事がとても美味しいと聞きましたが」

陶主任が鳥海2佐に話しかけ、すぐにわたしが訳しました。

「あなたが乗っていた空母『いずも』の食事はどうでしたか？」

「『いずも』の料理は美味しかったですよ。特にカレーライスは絶品でした。冷蔵庫がほかの艦よりも大きかったので、食材もいろいろ積めたんです」鳥海2佐がはにかみながら答えました。

「そうですか。空母『遼寧』の食事もなかなかよかったですよ」周中校も会話に加わりました。「料理長が2番艦の空母『山東』をライバル視していましたから、料理には相当力を入れていたんです。いつだったか、ふかひれスープも出たことがあったな。あれは海軍記念日の時だったかな」

このように、中日海軍の艦内食を話題にした和やかな食事タイムとなりました。さっきまでのカメラを前にした激論がうそのようです。崔所長もふたりの話に耳を傾けながら、ステーキを味わっています。ドローンが毎日運んでくる陸軍の冷めた食事とはきっと味が違うのでしょう。

「わたしは門外漢なんですけど」

さりげなく陶主任が質問しました。

「戦闘機で飛んでいて一番楽しい――そう言っては支障があるかもしれませんが――飛んでいて、パイロットのあなた方が一番楽しくて、興奮することはなんですか?」

鳥海2佐は白くなった坊主頭を骨ばった手でなでながら、懐かしむように言いました。

「スロットルをぐっと押し込んだときの、あの加速感かな。アフターバーナーが点火し、機の速力がいっきに増す。背中が座席に強く押しつけられ、左右の雲が後方に次々と吹き飛んでいくあのぞくぞく感はたまらなかった。ねえ、周中校」

周中校が答えました。

「ええ。音速を超えると、それまで聞こえていたエンジン音がふっと遠のいていくんですよ。そして高空を駆け上っていくと、周囲が青から黒に変わっていく。宇宙がいよいよ近づいてくるのがわかるんだ」

「そうそう、宇宙の闇に吸い込まれそうになる。でも、ぜんぜん怖くない。そのまま飛んで行って、帰れなくなってもかまわないと思えた」

「そう、あれはほんとうに不思議な感覚だったな。宇宙から音楽が聞こえてきて、極上のシングルモルトのような匂いまで感じられることがあった。あれはいったいなんだったんだろう」

そう言うと、周中校は胸のポケットから煙草の箱を取り出しました。そして鳥海2佐にも1本勧めました。ふたりは口にくわえた煙草に順に火をつけ、テーブルをはさんでおいしそうに煙をくゆらせました。食後の一服です。テレビカメラがふたりにズームしているのがわかります。蔡カメラマンにとっても、ここではきっと良い絵がとれたことでしょう。

「艦に帰投した後の飛行甲板での一服は、いつも最高に美味だった」周中校が言いました。

「まったくです」鳥海2佐が相槌を打ちました。


1時間の昼休みをはさみ、午後2時からインタビューが再開されました。

昼休み中の雑談で、お互いの心がなじみ、わたしたちスタッフはさらに鳥海2佐と気持ちを通わせることができました。おかげで、その後のインタビューもよりスムーズに進みました。鳥海2佐は人間的にも素晴らしい人でした。わたしが高校生の時に松島基地で会った時とまったく同じでした。その憧れのパイロットに自分がインタビューしていると思うと、とても幸運に思えました。午後の収録も、真剣勝負でありながら、周中校、鳥海2佐ともにリラックスした雰囲気の中でインタビューを続けることができました。

この日の収録は予定通り午後4時に終わり、わたしたちは退室していく鳥海2佐と握手を交わして別れました。充実感が身体を快い疲労で包み込んでいました。わたしたちはこの日、とてもいい時間が過ごせたと思いました。

翌日の撮影の準備を終えてから、わたしたちは迎えの四駆車に乗り、楽山市のホテルに戻りました。この夜はわたしも蔡カメラマンの誘いにのり、一緒に市内の繁華街に繰り出しました。そしてスタッフたちと飲んで騒ぎ、ささやかなる勝利の祝杯を上げました。

8

翌日も和やかな雰囲気のなかで鳥海2佐へのインタビューは始まりました。

周中校が最初に個人的な質問をしました。

「あなたは昨日、もしできれば、自分もＯＦＮの攻撃部隊に志願したかったと話していました。なぜですか？」

「自分のスキルが試せるからだ。戦闘機パイロットとして実戦はキャリアの集大成になる」

「死ぬかもしれないのに？」

「ダイヤモンドの密集隊形で飛べるのは元ブルーインパルスのメンバーだけだ。それを実戦で試せれば本望だ」

「だが、攻撃隊はＦ３戦闘機の編成となったため、あなたが乗るＦ35の部隊は支援する側に回された。なぜ空自の主力戦闘機のＦ35でなく、Ｆ３が選ばれたのか？」

「おそらく、日本国としてのプライドだろう。歴史に残る重要な作戦なので、米国製の機ではなく、日本国産の戦闘機を使った。正確には日英伊の共同開発だが。そして指揮官も航空学校出身者ではなく、エリートの防衛大学校出身者が選ばれた。歴史に名を刻むのであれば、日本国としてはそのほうが望ましい」

「《筋斗雲作戦》を指揮した和泉、鮎沢の両隊長はともに防衛大学校の出身者なのですか」

「そうだ。非常に優秀な指揮官であり、優れたパイロットだった。空自の中でも将来を嘱望され、いずれは航空宇宙総隊司令官、航空宇宙幕僚長になれる男たちだった」

「そのOFN部隊の三峡ダムに向けたミサイル発射に中国軍が気づき、戦闘機が一斉にスクランブル発進した状況に直面したときの気持ちは？」

「武者震いした。ほんとうに身体がぶるぶると震えた。これが戦を前にした武者震いだと思った。そして和泉、鮎沢に向けて、早く帰って来い、俺たちが必ず助けてやる、と叫んだ」

「空自の支援部隊の中で、鳥海2佐、あなたの隊だけが中国の領空に侵入し、温州市に急接近した。それは指揮官であるあなたが決断したのか？」

「AWACSのコマンダーから中国領空に近づきすぎていると警告を受けたが、和泉、鮎沢の隊はまだ海に出ていなかった。もうしばらく自分の隊に敵機を引き付けてやろうと思った。仲間を海に脱出させてやるには囮《おとり》が必要だったのだ」

「その結果、あなたの隊では半数の機が失われた。部下を死なせたことに悔いはないのですか？」

「結果は残念に思うが、悔いはない。俺たち仲間が、和泉、鮎沢の近くにいることを示してやることこそが大事だったのだ。それが空自でずっと教えられてきたことだったし、あの時、空自の中で誰かがやらねばならない仕事だった。われわれはそれをしたまでだ。仲間を見捨てることはできない。戦死した部下も、その気持ちは同じだったと思う」

「あなたの機を撃墜した中国軍機の機種は何でしたか？」

「わたしは中国軍機になど撃墜されてはいない」

「中国軍の公刊戦史では、殲20ステルス戦闘機の部隊が温州に近づいた空自《海猫隊》のF35B部隊を全滅させたとありますが」

「それはうそだ。われわれは空戦で破れたのではない。パルス弾攻撃を受け、機のコントロールを失ったのだ」

「なぜ、そのように言えるのですか」

「飛行中、周囲に花火のような光が見え、その直後に機体のコントロールがきかなくなったからだ」

「僚機もパルス弾にやられたと思っていますか？」

「おそらくそうだと思う。敵味方が急接近している中で中国軍がパルス弾を使うとは思わなかった。あれで近くにいた中国軍機も複数落ちているのではないか」

「機体のコントロールがきかなくなった時、どう感じましたか？」

「くそ、何だこのざまは、と自分をののしったことを覚えている」

「僚機と通信はとれなかったのですか？」

「通信機もダウンしていた。おそらく電磁波にやられたのだろう。その前に部下にはファイア・アット・ウィル（自由に交戦せよ）とだけ指示を出していた。それが彼らへの最後の交信となった……」

「あなたはどのようにF35Bから緊急脱出したのですか？」

「最初は機体を回復させようと試みた。だが火災警報のランプが点き、続いて緊急脱出を命じるランプが点灯した。あとは何も考えずにベイルアウトのレバーを引いた。激しい衝撃があって、気がついた時には夜明けの空をパラシュートで降下していた。東の海上に紅く昇る太陽が見えた。これが人生最後の景色だと思った」

「しかし、中国海軍の駆逐艦があなたを洋上で救助した」

「拾い上げてもらった時には、それが現実のようには思えなかった」

「駆逐艦の中はどうでしたか？」

「中国海軍の水兵たちはみな親切だったよ。乾いた下着をくれ、温かい食事も提供してくれた」

「ＯＦＮの部隊とは上空で最後まで接触できなかったのですね」

「そうだ。彼らの安否だけが気がかりだった」

「その後、中国側からＯＦＮの《銀燕隊》《黒鷺隊》ともに全滅したと聞かされたはずです。その時の気持ちは？」

「まさか、航空宇宙自衛隊の戦闘機部隊の精鋭が中国軍に敗れるとは思わなかった。とてもショックだった。ただ、ＯＦＮの部隊が１機も洋上に脱出できなかったのはおかしいとも思った。彼らは完全に中国軍のレーダーをかいくぐっていたはずだ。昇る太陽に向かっていたので、敵の赤外線ミサイルもかわしていたはずだ。やはり彼らもパルス弾にやられたのだと思った」

「航空宇宙自衛隊が完敗したのはそのせいですか？」

「確証はない。確かなことは、中国軍はわれわれに正規の戦いを挑んでこなかったということだ。彼らは邪道な方法を選んだ。無差別のパルス弾、そして対空レーザー兵器だ。あの場にいた一人としてわたしはそう推測している」

「いまはその中国軍に対し、あなたはどう思ってますか？」

「中国はまともな相手ではないと感じた。なんでもありだ。彼らは手段を選ばない。宇宙にも兵器を配備していて、宇宙からも攻撃してくる。まさに《超限戦》を実行する国だ。サイバー、電磁波、レーザー、ロボット、民兵、スパイ、あらゆる手段を使って制約なく戦う。恐ろしい相手だ」

「その後、あなたは中国軍の捕虜になったのですね」

「ああ」

「三峡ダムが決壊したのを知ったのはいつですか？」

「寧波の海軍基地で尋問をされていた時だ」

「ダムの決壊を聞いてどう思いましたか？」

「うそだろうと思った。ＯＮＦのペイント弾でそのようなことはありえないと思った」

「それだけですか」

「そう言ったら、尋問官からひどくなぐられた。そしてスマホの映像を見せられ、決壊が事実だと知った。これで俺も間違いなく銃殺になるなと思った。中国人たちはみな怒り狂っていたから」

「しかし、判決は無期懲役でした」

「軍事法廷で無期懲役を言い渡されたのは意外だった。自分を生かしておくのは、中国政府にとって自分はまだ利用価値があるのだと思った。いまのこのインタビューのようにね」

「それでは、あなたはどのように死にたいと思っていますか？」

「最後まで軍人として生き、死にたい、それだけだ。しかし、ここではそれを許してくれないだろう」

「サムライとして名を残したいですか?」

「もちろんだ」

「最後にお聞きしたい。あなたは戦争に美や善、つまり正義はあると考えますか?」

「多くの人間が死んでいるというのに、そのようなことを考えるのは不遜ではないか。しかし、思い描いた通りの戦争ができれば、作戦家にとっては芸術家と同じように心が打ち震えるんじゃないかな。戦争もおそらく、立派なアートのひとつだから」


その後、鳥海2佐が獄中で自殺することを考えると、この時の彼の言葉はとても意味深長なものでした。しかし、この時まだわたしたちCPTVのスタッフは彼のインタビューの仕事に集中しており、そのような日が訪れるとはまったく考えたこともありませんでした。この日から予定された3日間、鳥海2佐のインタビューはとてもスムーズに進んだのです。鳥海2佐と周中校は同じ戦闘機乗りだったので、インタビュー中もお互いに敬意をはらい、互いの仕事を認め合い、心をさらけ出して語りつくすことができたのかもしれません。そのふたりの関係をわたしも通訳として取り持つことができ、これ以上ない栄誉を感じました。その内容は鳥海2佐の死後も、すべてCPTVの映像に記録されているのです。歴史を記録するメディア記者の仕事の重さを、わたしはここでも強く思い知らされました。

周中校と鳥海2佐のふたりの会話の中で、特に印象に残ったのは、男女のパイロットが並んでの飛行中に機体を接近させ、互いを見つめ合いながら結婚を約束する逸話です。無線だと基地の仲間に聞かれてしまうので、男性パイロットが画用紙にプロポーズの言葉を書き込み、コックピットのガラス越しに、僚機の女性パイロットに求婚するという驚きの内容でした。同じようなことが中国空軍にも日本の航空宇宙自衛隊にもあったなんて、正直本当にびっくりでした。

ふたりの話では、どちらも夜間飛行に飛び立った2機が雲海の上に出たところでプロポーズしています。ダイヤモンドを散りばめたような幻想的な星空の中を飛んでいると、そのような気持ちになってしまうのかもしれません。飛行機乗りで作家でもあったフランスのサンテグジュペリ（『星の王子さま』の作者）が生きていたら、物語の題材にできるような逸話です。若い男女を乗せた戦闘機が、並んでロケットのように成層圏の高さまで急上昇していき、宇宙空間の星々に包まれた中で互いに愛を告白し合うなんて、なんてロマンチックなんでしょう。そんなふうにプロポーズされたら、男勝りの女性パイロットも、つい感極まって結婚を受け入れてしまうのではないでしょうか。いまのハイテク兵器が主流になった空軍でもそんなことがあるなんて、今回初めて知りました。戦闘機パイロットは勇猛果敢な男女でありながら、同時に非常にロマンチックな人たちであることも知って、ちょっとわたしはうれしくなりました。

さて、施設に収容されているもうひとりの日本人パイロット、矢吹光一3等空佐のインタビューのほうはかなり難しいものとなりました。矢吹3佐はOFN2番隊《黒鷺隊》のサブリーダーです。同じく撃墜されて捕虜になった《黒鷺隊》リーダーの鮎沢正明2等空佐が中国の軍事法廷で死刑判決を受け銃殺されたのに対し、矢吹3佐は精神疾患から裁判が遅れ、その後、同じく銃殺刑が求刑されていたのです。

崔所長からは「矢吹の言動はおかしくて、とてもインタビューには耐えられないだろう」と言われていたのですが、陶ディレクターはどうしても彼の映像がほしいと施設側に頼み込み、4日目の朝、職員ふたりがかりで身体を支え、インタビュールームに連れてきてもらったのです。

しかし、矢吹3佐はいすに座ったまま視線の定まらない夢遊病者のような状態で、とても話が聞ける精神状態ではありませんでした。そして痩せこけた彼の顔を見ると、額や頬、首などにたくさんの傷跡が残り、相当ひどい暴行を受けたことがわかりました。所長によれば、パラシュートで田んぼに降下したところを農民に取り囲まれ、殴る蹴るの集団リンチを受けたということでした。彼はその後遺症で精神に異常を来したということです。

それでも生きる屍のような矢吹3佐の顔を、蔡カメラマンと胡アシスタントが手持ちのカメラで周囲から撮影し、祖国中国に大災禍をもたらした敵国軍人の行く末がどのようなものか教えるため、念入りにカメラに記録していました。おそらくこのグロテスクな映像も三峡ダムを決壊させた日本人パイロットの末期として、番組の一場面に使われるのでしょう。

崔所長が話してくれたところでは、《黒鷺隊》のリーダーだった鮎沢2佐もパラシュートで農村に着地し、そこで同じように農民に暴行され、警察に保護された時には瀕死の状態だったということです。しかし、彼のほうは持ち直し、半年ほどこの施設に収容されていたということでした。その後、軍事法廷で死刑判決を受け、この施設の奥にある刑場で銃殺刑に処されたということです。しかし、矢吹3佐のほうは精神の状態が悪化して裁判は遅々として進まず、施設の病院棟にいまも隔離されたままであるということでした。

そんなわけでインタビューの4日目はまったく仕事にならず、代わりに陶主任から出た新たな宿題は、収容所の倉庫に残されている日本人パイロットの遺品を探し出し、それを映像資料として収録するこまごまとした雑務でした。鳥海2佐と矢吹3佐の所持品や鮎沢2佐が書き残した日記などのほか、日本の家族から彼らに届いた手紙なども開封して撮影しました。彼らは戦犯ですから、個人のプライバシーなど関係なく、あくまで歴史の史料として記録に残しました。特に銃殺された《黒鷺隊》のリーダー鮎沢2佐については、死亡時の記録写真なども接写したほか、遺品も映像に残しました。手紙などの資料は当然のことながら日本語で書かれていたため、わたしが読んで内容を確認し、使えそうなものを蔡カメラマンが撮影し、番組に向けての映像資料としました。

さらに陶主任は、3人の日記から彼らの思想を調べるようわたしに指示しました。日記帳のノートは数十冊もあり、荒れた文字で書きなぐられた文章を読むのは骨がおれました。

日本人捕虜の所持品や遺品は煉瓦造りの古い倉庫棟に保管されていました。わたしと蔡カメラマンは職員の手を借りて日本人パイロットの持ち物が入った木箱を会議室まで運び、彼らの軍服や手帳などは大きなテーブル上に並べ、接写しました。これらの品々はどれも戦闘機から空中で緊急脱出した男たちが着用したり、所持していたものなので、絵になりそうなものといえば、破れたパイロットスーツとか汚れたサバイバル用キットぐらいで、あとは処刑された鮎沢2佐が遺した本くらいです。

「やつらの所持品が棺桶そっくりの木箱に入れられている理由がいまわかったよ。不要になったら即、火葬場で焼却できるように、棺桶と同じサイズになってるんだ。用意がいいこった」

職員が部屋を出たのを見計らって蔡チーフが舌打ちしました。わたしも同じことを考えていたので、「そのようだね」とだけ答えました。チーフは黒い血痕がのこる鮎沢2佐の飛行服に興味を持ったようで、それをテーブル上に広げ、照明を両側から当てて影をなくし、カメラで撮影する準備を進めていました。わたしは鮎沢2佐の日記らしきノートを手にとり、撮影に向くページはないかぱらぱらとめくり、書かれた文章を拾い読みしました。鮎沢2佐は手がよく利かなかったのか、文字はひどくゆがんでいました。まるで小学生が書くような字で横や下にはみでています。これが幹部自衛官の日記とはとても思えませんでした。

ページには本人の怒りやいらだちがダイレクトにぶつけられていました。

「おれはサムライだ！　辱めを受けるより、立派に腹を切る！」

「後世は必ず俺たちのことを正当に評価してくれる！」

「俺は負けてはいない！　核を使った中国に勝たせてやっただけだ！　超限戦などくそ喰らえ！」

負け惜しみともいえる文章が幼稚な字で綴られていました。おそらく鮎沢2佐はすぐに自分が処刑されることを知っていたのでしょう。刑に対する恐怖や怒りの感情も吐露されていました。この個所なら彼の心証を表すものとして映像に使えるかもしれません。中国人の視聴者はもちろんですが、ＣＰＴＶと共同制作する日本のＮＨＫも注目し、この部分は日本バージョンの中で使ってもらえると思いました。そこでわたしは蔡チーフに撮影個所を教えるため、ここにも赤の付箋をページ右上に張り付けておきました。

チーフは今度は日本人パイロットのフライトスーツやヘルメット、手袋、ブーツなどを部屋の床に並べ、順番に接写を始めました。特に軍服に付けられた英字の名前や、胸と腕に付けられた黒鷺をイメージした部隊章などをズームアップで収録していました。その姿を横目に、わたしは鮎沢2佐の日記のページをめくり、さらにメディア受けしそうな個所はないかと目を通していきました。すると格好な文章が出てきました。

「中国軍の戦闘機は俺たちと戦おうとしなかった。最初からわれわれの周りにパルス弾を撃ち込んできて、次々に花火のように破裂させた！　卑怯なやり方だ！　ボクシングの試合に拳銃を持ち込むのと同じだ！

俺のテンペストも至近距離から雷のような電磁波を受け、ついに電子機器がショートした！　エンジンがストップした！　ベイルアウトするしかなかった！　並んで飛んでいたはずのウイングマン（僚機）を探したが、どこにもいなかった！　いや、M（有人機）もUM（無人機）も部隊全部が消えていた！　あのパルス弾で俺の隊は知らない間に消滅していたのだ！」

「いいか、テンペストは1機150億円もするんだぞ！　中国軍の電磁波攻撃にあんなに簡単にやられるなんて、納得がいかない！　空自はパルス弾対策をなんでしてこなかったんだ！　F3を開発した野郎を出せ、殴り倒してやる！」

「敵が対空レーザーで攻撃してくるという事前情報はなかった！　和泉はレーザーで目をやられた！　パルス弾とレーザーだけで俺たちはやられたんだ！　ばかやろう、戦闘機同士のドッグファイトなんて、もう存在しないんだ！　こんな前時代の戦い方を続けていたら、空自だけじゃない、日本という国が亡んでしまうぞ！」

「中国空軍は俺たちも知らないF3の弱点を知っていた！　そしてその弱点を衝いてきた！　宇宙の側から探知し追尾し、ステルス部隊が火中に入る時をじっと待っていた。われわれはインテリジェンスの面で最初から負けていたのだ！」

こうした怒りのこもった文言に、鮎沢2佐の生前の写真やF3テンペストの飛行映像をかぶせれば、立派なドキュメントになるでしょう。そのリアルな画像効果は目に見えるようです。わたしはこのページにも赤い付箋を貼っておきました。

そして2冊目のノートをめくっていると、わたしはあるページにくぎ付けになりました。そこには次のように書かれていたのです。

「中国は台湾侵攻とその占領を正当化させるため、台湾が巡航ミサイルで三峡ダムを攻撃するように仕組んだ。だが、それが中国軍によって阻止され、攻撃が失敗すると、こんどは日本に三峡ダム攻撃をさせるよう、情報機関を使って密かにアメリカを動かしたのだ。アメリカ政府内にいる中国系の大統領補佐官を使って！」

それは鮎沢2佐が個人的に信じる（妄想する？）中国陰謀説のようでした。彼はその怒りの矛先をあからさまにノートにぶつけていたのです。文章はすべて日本語ですから、看守は読むことができず、このように棺桶型木箱に入れられたまま死蔵されてきたのでしょう。死刑に処された軍人が遺した日記など、もはや政治利用する価値はないと判断されたのかもしれません。

鮎沢2佐はどうやら、恐ろしい妄想癖があったようです。収監され、彼も精神を病んでいたのかもしれません。

「中国は在日米軍が外地に派遣され、東アジア方面に力の空白ができる時を待っていた。そして南シナ海のウッディー島基地の大爆発と空母『遼寧』の撃沈事件を日本と台湾の仕業だと決めつけ、報復と称して侵攻作戦を開始した。台湾に向けて次々と弾道ミサイルが発射され、台湾の空軍基地と対空ミサイル基地は破壊された。台湾は追い詰められた。台湾総統はアメリカ大統領と日本の首相に助けを求めた。だが、アメリカ軍はウクライナでロシア軍と、ホルムズ海峡ではイラン軍を相手に戦争を遂行中で、手いっぱいだった。アメリカ大統領は時間稼ぎのために、台湾総統に中国の三峡ダムに向けてミサイル攻撃を行うよう提案した。中国の核兵器に匹敵する軍事力を台湾が持つことを世界に知らせることが必要だったのだ」

「台湾は北京や上海、三峡ダムを攻撃するため、密かに長距離巡航ミサイル《雲嶺》を開発し、すでに実戦配備していた。このうち10発を中国海兵隊が上陸してくる直前に発射した。敵部隊の動きを止めるのが目的だった。しかし、台湾海峡には中国海軍のイージス艦が多数配備されており、台湾の巡航ミサイルは10発すべてが洋上と沿岸で撃ち落とされた。多方面から攻撃することができない台湾にとって、正面だけからの攻撃は徒労に終わった。これを受け、米大統領は同じことを日本に要請したのだ。若柴首相は当初これを拒否したが、『実弾ではなく、弾頭にペイントを入れるのであれば』との条件で最後には大統領の要請を受け入れたのだ」

これは本当にショッキングな内容でした。鮎沢2佐はどこでこのような情報を得たのでしょうか。彼が知っていたということは、すでに航空宇宙自衛隊内では周知の事実であったのかもしれません。ワシントンの駐米日本大使館には航空宇宙自衛官の防衛駐在官が配置されていますから、そちらのルートから東京の航空宇宙幕僚監部に伝えられたのかもしれません。中国軍の全面侵攻に台湾は独力で対抗できず、アメリカに助けを求めたものの、アメリカにはその余力がなく、アメリカ大統領は日本に台湾を軍事支援するよう圧力をかけたという内容です。鮎沢2佐の手記は続きます。

「台湾総統は最後の望みとして若柴総理に救援を求めた。ブキャナン米大統領も若柴総理に台湾を中国に渡せば日本の南西諸島は危うくなると伝えた。自分の国の安全は自分で守るしかないのだと総理を説得した。そしてペイント弾による攻撃はあくまでも政治的なメッセージであり、ダムを破壊することはないのだから、これは敵基地攻撃には当たらないと説得したのだ」

「三峡ダムは竣工した時から台湾の軍事目標となっており、その座標はもちろん、周辺の対空ミサイルの配置状況など、台湾は三峡ダムに関するすべての情報を握っていた。今回の空自の三峡ダム攻撃では、台湾が多くの情報を自衛隊側に提供した。台湾から提供されたダムの映像データなどを横田基地の航空宇宙総隊が在日米空軍とともに分析し、それを基に日米が三峡と烏東徳のダム攻撃作戦を練った。その間、ブキャナン大統領は同盟国のイギリス、オーストラリア、ニュージーランド、インドなどにアメリカと日本の航空作戦を支援してくれるよう要請した。日本側の航空作戦の全権を握る大村航空宇宙総隊司令官はこの作戦を『筋斗雲作戦』と名付け、作戦の指揮をとる主要幹部とパイロットの人選に着手した」

「ステルス機であるF3の兵器格納庫は小さい。このため、三峡ダム攻撃に当たる大型のASM5ミサイルと爆撃効果判定用の無人機は翼下に搭載するしかない。これではせっかくのステルス効果が失われる。そこで翼下のミサイルと無人機を敵の地上レーダーから隠すため、この機体の周囲にステルス機4機を配置して飛ばすことにした。計5機がダイヤモンド隊形を保って飛び続ける飛行技術を有しているのは元ブルーインパルスのパイロットだけだった。そこでF3のパイロットで元ブルーのキャリアを持つ人間が選ばれた。対象者は10人もいなかった。そのうちの一人が俺だった。指名された時は、これで俺も淵田中佐になれると思った」

「これは自衛隊の最高指揮官である総理からの命令だけでなく、同盟国であるアメリカの大統領、そして中国の侵攻を前にした台湾総統からの要請でもあった。これほど名誉ある作戦があるだろうか。このOFNの参加部隊の指揮官の一人がわたしなのだ。日本のステルス機部隊が、台湾空軍に代わって三峡ダムにペイント弾を撃ち込むのだ。中国軍は驚愕し、台湾侵攻をあきらめるであろう。それを実現するには一にも二にも俺たちの手腕にかかっていた。そして俺たちは見事に任務を完遂したのだ。中国軍の上陸部隊は大陸に引き返した。俺たちの力が中国軍の台湾侵攻をストップさせたのだ」

事実と自身の願望が前後みさかいなく書き込まれたこの日記からわかることは、鮎沢2佐も矢吹3佐と似たような精神面の後遺症があったのかもしれません。しかし、彼が書いていることがもし真実であれば、中国だけでなく、日本やアメリカの政府、そして世論にも大きな影響を与えることにもなるかもしれません。鮎沢2佐はこんなふうに書いているのです。

「すべては罠だった。三峡ダムには欠陥があり、そのままでも自然崩壊する危険があった。中国共産党はそれを隠し、外国による破壊だと宣伝するため、台湾、そして日本に三峡ダムを攻撃させたのだ。だから中国は台湾、そして日本との戦争が必要だった。中国はそのタイミングをずっと狙ってきた。そして東アジアから米軍がいなくなる絶好の機会が訪れ、中国は動いた。その作戦は半分は失敗したが、半分は成功した。アメリカの圧力を受け、日本が三峡ダムを攻撃したのだ。中国はこの時を待っていた。ダムを決壊させ、その責任をすべて日本になすりつけたのだ。中国は勝利し、日本は政治的に大敗北した。日本はまんまと中国にはめられたのだ」

わたしは彼のとんでもない発想に衝撃を受けましたが、日本にはそのように考えている（妄想している）人間も少なくないと聞いていたので、このことは自分の胸の中に収めておくことにしました。

まさに死刑囚のたわごとですが、もしこの文面が日本やアメリカのテレビで放映されれば、大問題に発展しかねません。悪くすれば、中国政府にも悪影響を及ぼすかもしれません。中国のことわざにも「君子危うきに近寄らず」という格言があるではありませんか。この鮎沢2佐の日記の個所は見なかったことにし、映像にしないほうが無難であると思いました。ここには、わたしのほかに日本語のわかるスタッフはいないのです。ほかに誰も気づくことはないはずです。パンドラの箱の蓋は、開けないにこしたことはありません。赤い付箋さえ付けなければ、このまま封印できるのです。そしてこのノートはいずれ焼却処分されることでしょう。ＣＰＴＶが敢えて政治的な疑念を蒸し返すようなことをする必要性はこれっぽっちもないのです。

この日のまるで墓をあばくような仕事はあまり気持ちのよいものではありませんでした。しかし、似たような仕事はホテルに帰ってからも続きました。陶主任からの命令で、鳥海2佐の日記の翻訳も大至急でしなければならなかったのです。彼も日本が中国に騙されて戦争に突入したと書いていました。陶主任もめざとくその文章に気づいていたのです。鋭い感でそこに問題の核心があると察知していたようです。主任は常にわたしの先を行っていたのです。

「第2次世界大戦の初頭、日本とドイツの前に劣勢だった英国は、なんとかこの戦争にアメリカを引き込もうと考えていた。それには敵国日本を密かに操作し、日本軍にアメリカの国土を攻撃させ、これをもってアメリカの世論に火を点け、欧州戦線にアメリカ軍を引きずり込もうと考えていたのだ。その秘密作戦は成功し、日本軍はハワイのパールハーバーを攻撃した。今回の日中戦争では、同様に中国が情報をうまく操作して日本を戦争に巻き込んだのだ。日本はまたもや騙されて三峡ダムを攻撃した。歴史は繰り返すのか」

鳥海2佐は歴史書が好きだったということですから、10年前の中日戦争も第2次世界大戦と比較して考えているのかもしれません。

「かつてイギリスはＭＩ6の情報員を使って日本と日本の占領地域でスパイ戦を展開し、日本の外交暗号《パープル》の解読にも成功、これでイギリスは日本の極秘情報を得ることが可能になった。そこで情報を操作し、アメリカが日本の対外政策を妨害するよう工作、これに逆上した日本軍がアメリカを攻撃するよう仕向けた。日本軍のパールハーバー攻撃は、実はイギリスの情報戦の勝利の結果だったのだ」

「今回の日中戦争では、中国が日本とアメリカに対し、同様の情報戦を仕掛けた。中国が日本に核攻撃を行うという情報を流し、アメリカと日本はそれを抑止するため、三峡ダムをペイント弾で攻撃した。そして自壊が近かった三峡ダムの決壊を日本のせいにし、世界を味方にした中国共産党は生き残った。日本はまたもや情報戦に敗れ、国家存亡の危機に陥ったのだ」

鳥海2佐はそのように日記に記していました。こちらは中国語に訳して陶ディレクターに渡さねばならないでしょう。鳥海2佐についても徹底的に調べている陶ディレクターは、おそらくこのノートも同じコピーを持っていて、北京に戻ってから別の日本語のできるスタッフに翻訳をさせることもできるのです。ですから注意が必要です。もしわたしがこの大事な個所を翻訳していなければ不審に思い、わたしを疑うでしょう。共産党の幹部に疑われたら、中国では身の破滅です。この部分は徹夜してでも正確に訳し、明日の朝には主任に渡せるようにしておいたほうがいいでしょう。そんなわけで楽山市のリゾートホテルに戻っても、わたしの徹夜仕事は続いたのです。

ストレスばかりの仕事が続き、わたしの身体は限界でした。そこで気分転換になるかなと思い、思い切ってホテルの自室から江州にいる母に電話してみました。最初は大連の妻に電話するつもりでしたが、「どうしていままで電話してくれなかったのよ」と妻から責められ、リフレッシュするどころか逆にストレスがたまるかもしれないので、シャワーを浴びた後、母に電話してみたのです。自分がいま四川省にいて、成都の動物園で仔パンダを抱いたこと、世界遺産の楽山大仏を見てきたことなどを話せば、きっと母も喜んでくれると思ったのです。呼び出し音が5回鳴ったところでようやく母が出ました。

「あら二郎じゃない」なつかしい声です。「こんな時間に電話してくるなんて、あなた珍しいわね。どうしちゃったの」それでも母はうれしそうです。

「いま四川省に来てるんだ。仕事でね。楽山市にいるんだけど、ここは世界遺産の大仏で有名なまちなんだ」

「あら、四川省なんてまたとんでもない奥地に。そちらでちゃんとご飯は食べられているの」

「当たり前だよ。いま、まちで一番のホテルに泊まり、夕ご飯は四川料理のフルコースだよ。その豪華さといったら、すごいんだから」

「あら、それはいいわねえ。でも一人で楽しんでて、あんたの奥さんは怒ってないの？」

「うん、翠緑も双葉も元気にしてるよ。大連では叔母さんがよくしてくれているし。そっちはどう？」

「やっと落ち着いたわ。アパートは軍人一家に貸し出したの。軍の宿舎に指定されたのよ。家賃は半分に値切られちゃったけど、全室に入ってもらったし、軍人さん相手なら空き部屋が出ないから安定収入が得られるわ。これまでは難民相手で不安ばかりだったけど、今後は軍人さんの家族が相手だから部屋も荒らされないし、泥棒の心配もないしね。あ、そうそう、あんたたちがいつ来ても大丈夫なように、一部屋は家族用に確保してあるから、いつでも泊まりにきてちょうだい」

「うん、わかった。四川省が終わったら、次は江州での仕事になるから、江京のアパートにも泊まれると思うよ」

「よかった。待ってるわ。どうせなら家族も連れてきなさいよ。双葉にも会いたいし」

「うーん、それはまだどうなるかわからないよ。仕事だし」

「なんとか時間をつくればいいじゃない。ぜったいに連れてきなさいよ」

「わかったよ。翠緑にも相談してみるよ。それからさ、テレビの仕事では給料がずっと良くなったんだ。前の仕事の3倍近く。だからお土産をいっぱい買って帰るからね」

「へえ、二郎も運が向いてきたみたいね。江京に来られる日にちが決まったら、早めに教えてね。こちらも準備があるから」

「うん、わかったよ。早めに連絡するよ」

そう言ってわたしは電話を切りました。元気な母の声を聞くと、こちらも安心し、気持ちも落ち着きます。江京に購入しておいた不動産のおかげで、母の老後の生活も安心なようです。財テクがうまいのは我が家の家系です。

9

君がみ胸に　抱かれて聴くは
夢の船唄　鳥の唄
水の蘇州の　花散る春を
惜しむか柳が　すすり泣く

北京のホテルの一室で鳥海2佐が好きだったというアン・サリーさんの《蘇州夜曲》を聴きながら、あの最終日のインタビューでの出来事を振り返ると、わたしたちはなぜあのようにむごたらしい結末を迎えねばならなかったのか、悔恨とともに、怒りの感情、そしてさまざまな疑念が次から次へとわき上がってきます。わたしたちのあの残忍な仕打ちこそが、結果的に鳥海2佐を自殺に追い込んでしまったのではないでしょうか。わたしたちのインタビューが終わってから3日後、鳥海2佐は獄中で首を吊り、旅立ってしまったのですから。

「できれば空で死にたかった」

何度もそう話していた鳥海2佐にとって、獄中での死はおそらく無念の自刃であったと思います。しかしながら、そこまで彼を追い込んでしまったのは、どう考えてもわたしたちCPTVのクルーです。胡丹華の叫びを聞いてその場に固まってしまったあの鳥海2佐の驚愕した目、悲しそうな顔はいまでも忘れられません。

なのに、鳥海2佐の死をいま、一番喜んでいるのもCPTVのクルーたちなのです。なぜなら、自分たちの番組の放送に絶妙のタイミングで彼の自殺のニュースがSNS上に拡散していったからです。幽霊として突如この世に現れた日本軍戦闘機パイロット鳥海2佐のリアルな映像の拡散は、直前に撮影してきた彼らテレビクルーたちにとっては自身のキャリアアップにつながる、またとない機会となりました。第一級の戦犯である日本人囚人の自殺は、中国国内だけでなく、日本のメディアでも大きく取り上げられ、鳥海2佐の遺体の引き渡しをめぐっては、その後、中日間の外交問題にまで発展したのです。

この騒ぎの中で、CPTVの重役たちは死んだ日本人パイロットの生前のインタビュー映像を自社の取材チームが所有していることに気づき、急きょ、わたしたち第3チームに対し、鳥海2佐の特別番組を制作するよう命じたのです。これにもろ手を挙げて喜んだのが、わがチームのクルーたちでした。自分たちが楽山市の政治犯収容所で撮ってきた映像が、一躍、世間からスポットライトを浴びることになり、野心あるディレクターやカメラマンにとっては自分の名を挙げる絶好のチャンスとなり、それでみな大喜びだったのです。

本来であれば、北京の本局に戻れば第3チームのロケ班はいったん解散し、通訳のわたしもお払い箱になる予定でした。その状況を一変させたのが鳥海2佐の獄中自殺だったのです。

その第一報は、北京に戻って3日目の昼のニュースでした。この時、スタッフは3週間後に始まる江州ロケに向けたミーティングの最中でした。この日、わたしも鳥海2佐のインタビュー映像に付ける中国語の字幕づくりでCPTVに来ていたのです。局内では音声を落としたテレビ8台がつけっ放しになっており、その1台の液晶画面に突然、鳥海2佐の顔がアップで映し出されたものですから、たまたま目にしたわたしは思わず驚きの声を上げてしまいました。

《日本人俘虜、自杀！》

テロップでこう表示されていました。わたしは急ぎテレビまで走り、ニュースの音量を上げました。女性のアナウンサーが淡々と原稿を読み上げています。

《四川省の政治犯収容所に収監されていた日本人パイロットが今朝、自室で死んでいるのが見つかりました。首を吊った状態だったため自殺とみられています》

続いて三峡ダムが決壊した当時の長江沿岸の映像と自衛隊のF35Bステルス戦闘機の資料写真が映し出されました。

《死亡した鳥海利治中校は、日本国航空宇宙自衛隊の戦闘機F35Bの元パイロットで、10年前、航空宇宙自衛隊機が三峡ダムを空爆した際、その支援を行った戦闘機部隊の指揮官のひとりでした。彼は温州沖で撃墜されて中国軍の捕虜となり、その後、無期懲役の判決を受け、四川省の施設に収監され服役中でした》

鳥海2佐のニュースはここで終わり、続いて北京モーターショーに出展される最新型の電気自動車の話題に移りました。

「うひょ、これで視聴率5%アップは固いぜ！」

いつの間にか、わたしの横に立っていた蔡カメラマンが手を打って叫びました。ほかのスタッフも、「これで第3チームの注目度がぜん上がるな」「視聴者は自殺した日本人パイロットの証言を聞きたがるはずだ」「日本のNHKも四川省で撮ってきたうちの映像を欲しがるだろうな」などと、テレビを前にしてみんなが好き勝手なことを口にしていました。最後に蔡カメラマンがぼそりと言いました。

「手持ちの絵はいくらでもあるんだ。このコンテンツで死んだ日本人の番組を別に1本つくれないかな」

後に、その番組の企画は実現することになるのですが、素人のわたしにはその時、蔡チーフの真意がよくわかりませんでした。彼は自殺のタイミングに合わせ、鳥海2佐を中心とした新たな特別番組のアイデアを考えていたのです。いまなら視聴者の関心を集められると本能的に感じとっていたのでしょう。さすがに、転んでもただでは起きないテレビマンたちです。

わたしたちは四川省で鳥海2佐の生前最後の貴重なインタビューを収録してきたばかりでした。今年は三峡ダム決壊から10年になる節目の年であり、国民の関心は高まっています。このタイミングなら、鳥海2佐のインタビュー映像はスクープとして扱えるかもしれません。鳥海2佐は日本空軍の三峡ダム攻撃作戦《筋斗雲作戦》の全容を自ら解説してくれており、その映像をうまく編集すれば、確かに立派な特別番組になるでしょう。日本人パイロットが死の直前に語った、まさに「遺言」ともいうべき貴重な記録です。あの時、蔡カメラマンはこのことを言っていたのです。

わたしのスマホが鳴りました。画面を見ると、陶ディレクターからの非常呼集でした。「これから緊急の会議を開くから集まれ」という命令でした。すでにこの時、CPTV局内では鳥海2佐の自殺特番の企画がスタートしていたのです。

会議室に飛び込むと、蔡カメラマンの大きな声が聞こえてきました。

「主任、できますよ！　完璧な番組になります！」

彼は陶ディレクターに向けて叫んでいました。

「手元にいい映像はいくらでもあります。編集作業も2日あれば十分ですよ！」

陶主任の気持ちもすでに固まっていたのでしょう。蔡カメラマンら部下を引き連れ、部屋を飛び出していきました。おそらくテレビ局の重役に自分たちの企画を直談判するのでしょう。それにしても電光石火の速さです。彼らには、死んだ鳥海2佐を悼むといった気持ちは微塵もないようでした。あるのは、いま手にしている映像コンテンツをいかにうまく料理して番組にし、テレビの放映スケジュールの中にどうねじ込み、できる限りの宣伝をして視聴率を稼ぎ、これをいかに今後の自分の出世につなげるかということです。これこそがマスコミ人の実体です。


わたしはわずか1週間前のことである鳥海2佐のインタビューシーンを思い出しました。鳥海2佐は同じパイロット仲間である周中校との対談の中で、それまで胸にしまい込んでいたものをすべてさらけ出し、ようやく心の重しが取れたといった表情をしていました。とても穏やかな顔であったと思います。あの時に残された言葉は、文字通り、彼の遺言となってしまいました。おそらくあの時、鳥海2佐も自分の死を意識しながら一語一語を口にしていたのでしょう。彼はテレビカメラの前ですべて語りつくし、これで自分の生きてきた責任も果たされたと考え、納得して旅に出たのでしょう。

全周蒼空しか見えない戦闘機の狭いコックピット内で、鳥海2佐はゆっくりとスロットルレバーを押しやり、エンジン排気口のアフターバーナーに点火し、まっすぐロケットのように垂直上昇して、高空の先の宇宙へと旅立っていったのでしょう。そこには無限の静寂の世界が広がっており、飛行機乗りにとっては、ここそ最良の安らぎの場所であったのだと思います。ですから、わたしたちはそれほど彼の死を悲しむことはないのかもしれません。

いま思えば、わたしたちのインタビューにあれだけ誠意をもって答えてくれた鳥海2佐は、それが自身の最後の世の中への務めであるとの決意をもって話してくれていたのかもしれません。その真意はわかりませんが、彼の映像と音声はしっかりとビデオグラムに残っています。その映像は合わせて200時間超もあるのです。これを編集すれば、確かに中日戦争に加わった日本軍パイロットの真意をテレビを通じてリアルに視聴者に届けることができるかもしれません。それは旅立った鳥海2佐への供養にもなるはずです。

わたしはそのように自分を納得させ、中国語の字幕づくりの仕事をしながら、陶ディレクターと蔡カメラマンが重役たちの説得に成功し、新たな特番の制作が決まることを願いました。

翌日、鳥海2佐の自殺に焦点を当てた緊急特番の制作がCPTV局内で正式に決定しました。日本のNHKが共同制作に当たり、日本国内でも放映されることが決定的な理由になったようでした。テレビ局の人間は世界で大金が稼げるとわかったら、仕事は恐ろしく速いのです。わたしは鳥海2佐の死の報に接し、まだ気持ちが落ち着かない状態でしたが、陶ディレクターと蔡カメラマンは早くも新しい仕事に夢中になっているのです。彼らにとっては、自分の手の中にある鳥海2佐の映像が、きっと「宝の山」に思えたことでしょう。錬金術師のように、彼らはそれを巧みに加工して映像作品に仕上げ、うまくアピールして世界に高値で売り、間違いなく大金を手にすることでしょう。それだけは部外者のわたしにもはっきりと見通すことができました。

そもそも第3チームの鳥海2佐の映像は、今年の夏に放映される《三峡ダム決壊から10年》のシリーズの中で使われる予定でした。それが鳥海2佐の自殺に伴い、急きょ前倒しで特別番組が制作されることになったのです。この仕事が入ってきたおかげで、予定されていたわたしたちの休暇は返上になり、土日の休みもなくなり、CPTV局内にカンヅメにされ、特番の専属スタッフにされてしまったのです。しかし、この仕事にはボーナスが約束されていましたから、スタッフは誰も不満など漏らさず、自分の仕事に没頭していました。そんな彼らをわたしは冷ややかに見ていました。いくら金儲けのためとはいえ、一週間、心を開いて一緒に仕事をした鳥海2佐に対し、彼らが最後の最後の場面で手のひらを返したような冷たい仕打ちをしたことに、わたしはまだ納得できず、心の中では許していなかったからです。このため新しい特番の仕事も込み上げてくる怒りを抑えながらのものとなりました。同じ戦闘機乗りとして鳥海2佐と心を通わせた周中校も、やはり苦々しい顔をしていました。彼もわたしと同じ気持ちであるようでした。

陶ディレクターをはじめとするチームスタッフの一番の関心事は、四川省で撮影してきた膨大な量の映像をいかにカットし、どう2時間の番組に仕上げるかということでした。撮影時はカメラマンや照明係など現場スタッフが中心でしたが、編集作業はスタジオでの仕事が核となり、でき上がった作品の良し悪しはすべて編集者、ディレクターの手腕にかかってきます。インタビューの場面を巧みに切り貼りして歴史的な証言集とする「オーラル・ヒストリー」の面を重視した作品に仕上げるのか、あるいは美しい映像を盛り込んで詩的で芸術的な作品とするのか、または独自のアングルや光、音楽を編み込んでミステリー調の作品を目指すのか、その判断とさじ加減は陶ディレクターに一任されるのです。すべては陶ディレクター自身がどんな作品に仕上げたいのか、彼が何を目指しているのかによって映像のカットの選び方も変わってくるのです。

言うのは簡単ですが、求める映像を探し出すのは大変です。いくら映像選択の全権を有していても、陶ディレクターがひとりで200時間におよぶ映像をすべてチェックすることなど不可能です。信頼できるスタッフに自分の考え方を伝え、彼らに映像を探してもらうことのほうが時間の節約になります。そして10時間程度に切り取られた映像を、ここで初めて陶ディレクター自身が見て、その中から自分の気に入ったカットを選び、それを切り張りし、物語をつくっていくほうがずっと効率的です。

ここで残酷な事実は、スタッフによって拾い上げられた映像のみが作品として後世に残るということです。捨てられた大部分のピースもいちおうは局のライブラリーに保管されますが、多くはその存在さえも忘れ去られ、ライブラリーに死蔵されるのが普通です。ですから撮影者がこれは歴史に残る素晴らしいシーンだと思っても、ディレクターの意に染まらなければ、簡単に切り捨てられ、もはや存在しないのと同じになってしまうのです。

そんなわけで、蔡カメラマンと胡アシスタントにとっては、この数日が自身の映像をアピールできる最後の機会となり、ふたりは陶ディレクターの後をタブレット端末を片手に金魚のフンのように追いかけ回し、使ってもらいたい映像場面についてモーションをかけ続けたのでした。廊下でも食堂でも主任の時間が空けば、タブレットでお勧めの場面を見せ、必死にその映像の素晴らしさをアピールし続けたのです。

わたしはそんな彼らから少し距離を置いていました。自分がただの臨時の通訳だったので、編集業務に口を出す権利などないと思っていたのです。しかし、テレビの仕事では1本の番組をつくるのにどれほど多くの人手が掛り、恐ろしいほど労力がいるのか、徐々に理解できるようになりました。なにしろ鳥海2佐のインタビューでは、1シーンだけで固定カメラ3台と手持ちカメラ2台で同時撮影してきたのです。つまり、同じシーンでも5通りの映像があるのです。ディレクターは5つの場面を見て、その中から最適と思われるカットだけを選ぶのです。気の遠くなるような仕事です。

鳥海2佐のインタビューでも、相手が笑顔を見せたり苦渋の表情をしたら、そこはアップで、両手を動かしながら説明するような場面はワイドでというふうに、機材の特性を最大限に生かして多彩な場面を切り取り、それをディレクターが自身の感性に従って編集するのです。2時間番組の制作は、まさに1本の映画をつくるのと同じです。カットの選び方ひとつででき上がる作品のムードは違ってくるのです。撮影では、一番会心のカットがどこにあるのか知っているのはチーフカメラマンだけですから、蔡チーフはいまこそ自分の出番であると陶ディレクターにアピールしまくっていたのです。

チーフが言うには、映像作品は一流レストランのコース料理と同じということでした。ディレクターはシェフで、お客に供する前菜からデザートまで献立を考え、でき上がった料理をきれいなお皿に盛り付け、お客のテーブルに差し出すのとまったく同じ手順であると言います。シェフは最初にすべての食材を吟味し、それをどう組み合わせれば美味しい料理になるかを考え、細心の注意を払って調理し、最後にお皿に盛り付ける、映像作品ではそこまでがディレクターの仕事です。これにはシェフとしての優れたセンスやイマジネーションが必要で、まさに芸術の域の仕事です。

そんなわけで、わたしたちのチームのシェフ長である陶主任を助けるため、蔡カメラマンとアシスタントの胡丹華が局中を駆けずり回っていたのです。主任から「あの場面の別のカットが見たい」と言われれば、彼らは直ちにその映像を探し出し、主任に届けていたのです。

じつはわたしにも、ぜひ使って欲しい――できればカットしてもらいたくない――と思う場面はいくつかありました。たとえば、鳥海2佐が休憩時間に周中校とともにタバコの煙をくゆらせながら、談笑する場面などです。しかしながら、テレビ制作など何も知らない素人がプロの映像作家にモノを申したりするのはおこがましいとも思い、ずっとわたしは黙っていました。すると、なんら自己主張しないわたしの態度を陶主任は不審に思い、「なんで君は何も言ってこないんだ。君には使ってもらいたいシーンはないのか」と叱責されました。そこで「自分は素人なので」と答えると、「ばか者、テレビ局にいてそんな考え方は捨てろ！」と逆にこっぴどく叱られてしまいました。

「そこが日本生まれの君のよくないところだ。中国人ならもっと自己主張すべきだ。それをしないとこの国ではやっていけないぞ」

上司の前では一歩引く日本人の考え方が染み込んでいるらしい自分の言動は、中国人からはひどくおとなしすぎると映るのでしょう。

「スタッフ全員が最高の番組にしようと努力しているんだ」陶主任が言いました。「スタッフそれぞれの才能を映像に取り込むのも、われわれディレクターの仕事だ。日本生まれの君にはわれわれとはまた違った感性があるはずだ。それをもっと前面に出せ」と言い、「明日の朝までに君がいいと思う場面のリストを上げてくれ」と命令しました。そんな訳で、いつのまにかわたしも編集の業務に組み込まれていたのです。

以降、わたしがこの編集の仕事に積極的になった理由がもうひとつあります。それは中国共産党本部から

CPTVに出向してきている広報担当幹部のN氏が、陶ディレクターに対し、鳥海2佐のインタビュー場面を大幅にカットするよう指示したと聞こえてきたからです。N氏は、四川ロケで三峡ダムをミサイル攻撃したF3戦闘機パイロットの矢吹光一3佐のインタビューが録れなかったことで、今も主任を責めているらしいのです。

CPTVは中国共産党の影響下に置かれたテレビ局です。このため、局にはそうした「政治将校」とも呼ばれる監視役の幹部が派遣されてきていて、時に編集現場にも力を行使してきます。これに抵抗するには同じように政治的なパワーが必要で、陶ディレクターは自分の意向を制作中の作品に反映させるため、N氏とも戦っているようでした。

この夏に放映される《三峡ダム決壊から10年》の特番の責任者でもあるN氏は、三峡ダム決壊の大惨事と悲劇をもたらした日本の戦闘機隊（F3部隊）を番組の中心に据え、ダム空爆には直接関係していない鳥海2佐の支援部隊（F35B部隊）には重きを置いていないようでした。さらに、今回の特番は日本のNHKとの共同制作となっていたので、CPTVが持つ鳥海2佐のインタビューシーンは日本側に譲り、映像の取捨選択もNHKの編集者に任せればいいと考えているようでした。

このN氏の番組への介入に、このままでは鳥海2佐のインタビュー場面が半減させられてしまうとの危機感を抱いたスタッフたちは、局のほかの重役たちも巻き込んでN氏の説得に当たっていました。わたしは中国と日本の今後の関係改善のためには、日本人パイロットの真摯で誠実な話しぶりこそが絶対に必要なシーンであると思っていたので、ロケ班のクルーの総意として、鳥海2佐のインタビュー場面を最大限盛り込んでもらえるよう、連名で局の上層部に意見具申したのでした。

ただ、N氏の意見もたしかに一理ありました。ダムを攻撃した当事者でもない日本人パイロットが語る日本の軍事作戦の詳細を、夕食時のゴールデンアワーに放映するには内容が専門的すぎます。しかし、鳥海2佐のインタビューこそがこの番組の肝でした。それが大幅カットされてしまっては、せっかく明らかにされた《バトル・オブ・チャイナ》の航空戦の真実があやふやになってしまいます。そして四川省の収容施設でロケした意味も薄れてしまいます。そんなわけで、スタッフたちは連名でN氏に申し入れを行ったのです。それに、こんなこと（政治介入）が続くと、この夏の本番のシリーズも中国共産党本部の意向ひとつでどうなってしまうかわかりません。それも考慮し、テレビ局スタッフとしての意見を申し述べたのです。

陶ディレクターの手腕は——政治力も含めて——存分に発揮されました。なんと、わたしたちの主張が通ったのです。もしかしたら彼の父親——中国政府の国務委員兼外相という大物です——が動いてくれたのかもしれませんが、陶ディレクターが希望した通りの番組制作が決定したのです。その結果、鳥海2佐のインタビュー映像の時間は維持されました。その代わりに、わたしたちスタッフにとっては地獄の労働時間がさらに増えました。寝る間も惜しんで、その日から編集、吹き替え、字幕作製、ナレーションづくりなどの作業が進められたのです。

この時期、中国内外の新聞やテレビ、ネットなどで鳥海2佐の自殺に関係するさまざまなニュースが報じられていました。テレビ局としては話題になっているいまを逃しては高い視聴率は取れませんから、番組制作は突貫工事で進められ、すべてがまさに時間との戦いでした。しかし、わたしたちはほかの誰も持たないスクープ映像を握っていましたから、間違いなく視聴者の度肝をぬく番組ができると確信し、自信を持って仕事に当たっていました。ですから連日の徹夜作業もなんら苦にはなりませんでした。

ついに特番のタイトルが決まりました。とても刺激的なタイトルです。『死の直前に明かされた真実――日本人戦闘機パイロットが語った三峡ダム空爆作戦の全貌』。局が目標に掲げた番組の視聴率は18％でした。

翌日から、テレビやネットで予告映像も流され始めました。鳥海2佐がインタビューに応じる場面のほか、中国と日本の戦闘機の空中戦シーンのCGなどまであり、視聴者からも番組への期待の声が寄せられ始めました。特にネット上での反響は大きく、SNSを通じて番組への関心が広く一般の人たちにも拡散されている様子がうかがえました。

編集作業では陶ディレクターの指揮で、まず12時間のロングバージョンがつくられ、それを主任が自身のシナリオに合わせてざくざくとカットしていき、3時間に切り詰めました。ここで局上層部のプロデューサーと中国共産党の広報幹部にも映像を見てもらって問題がないかチェックを受けた後、最終的に2時間の番組に仕上げられました。この間、録音室では鳥海2佐のせりふを中国語に吹き替える作業が進められていました。本来なら日本語でそのまま放送し、画面に字幕を付けるべきなのでしょうが、そうすると視聴者は字幕を読むのに疲れてしまうので、今回はすべて吹替えでやることになったのです。航空戦の専門的な軍事用語が多いため、一般の人にもわかるよう、言葉選びにはとても苦労しました。吹き替えは、人民解放軍協賛の戦争映画にも出演した経験がある声優の陳良建さんが鳥海2佐の役を務めてくれました。陳さんは軍事用語にとても精通している方だったので、スムーズに映像に音声を乗せることができてよかったです。後で考えれば、特番が評判をとることができたのも、味わいある吹き替え役を務めた陳さんの功績がとても大きかったと思います。

陶ディレクターの個人的な作品ともいえるこの特番『死の直前に明かされた真実』は大成功を収めました。オープニングから温州沖でのステルス戦闘機同士の空中戦のシーンなど、多彩な映像が盛り込まれ、視聴者の目をたちまち釘付けにしました。鳥海2佐のインタビュー場面の間には、三峡ダムへの空爆を行ったF3戦闘機の飛行シーン、日本の巡航ミサイルにより赤いペイントの跡が残った三峡ダム、決壊後の大洪水で破壊される長江沿岸の武漢や南京などの被災都市の映像が流され、作品全体を通し緊張感が維持され、日本軍の《筋斗雲作戦》の野望とその挫折が中国の庶民にも理解できるような組み立て方になっていました。

CPTVの事前の宣伝で注目が集まっていたためか、土曜日夜のゴールデンタイムに放映された番組は、なんと視聴率37%という信じられないような大記録を達成しました。ということはあの時間、5億人もの中国人がこの番組を視聴したことになります。

この成功で、わたしたち第3チームはCPTVの局内でも一躍注目される存在になりました。なんといっても37%の視聴率は強いです。わたしも34年間の人生で、これほど興奮したことはないというくらいの達成感を得ました。ついに自分の仕事が世の中から認められたと実感できるのは、まさに天にも上るような気持ちでした。その機会を陶主任が与えてくれたのです。

そして人生、良いことは続くものです。共同制作した日本のNHKから、わたしたちの中国版の番組も日本で放映したいので、こちらも購入したいという申し出があったのです。これは強い中国軍のPRにもなりますから、中国共産党中央宣伝部と人民解放軍総政治部の了解を得て、CPTVはこの日本からの要請に正式に協力することになりました。NHK側はまだ日本版を制作中であり、そちらが完成した時点で、日本版と中国版の2本を前後2回連続で放映する計画ということでした。

そこで中国版の日本語への吹き替えや字幕などの作業が必要になりました。そこで陶ディレクターとわたしが、急きょ東京に出張することになりました。東京渋谷のNHK放送センターでその作業をやることになったのです。陶ディレクターは日本語ができないため、わたしが通訳を務めるのです。まさかCPTVの仕事で日本に里帰りできる日が来るとは、わたしは夢にも思っていませんでした。

特番『死の直前に明かされた真実』が中国国内で放映されてから5日後、わたしたちは北京から東京に飛びました。東京ではNHK放送局内にカンヅメとなり、日本人スタッフと一緒に日本語への吹き替えや字幕づくりの仕事に当たりました。

NHK側は番組最後の胡丹華が絶叫するシーンはカットし、代わりにNHKが独自に入手した鳥海2佐のT4ブルーインパルス時代の映像を加えたいと主張してきました。中国人向けのオリジナル版は、日本人の視聴者向けにはあくが強すぎると言うのです。しかしながら、日本側の要求をすべてのんでは別の作品になってしまうので、陶ディクターは強く自分の意見を主張しました。その通訳をわたしが担当しました。この仕事では、中国のテレビ局と日本のテレビ局の番組制作への考え方やディレクターの仕事の違いもわかり、とても興味深かったです。

NHKの要求に応え、CPTVのオリジナル版の映像を変更するには、中国共産党中央宣伝部の認可が必要でした。そこで陶主任はNHKが追加を求める映像については、すべてわたしに中国語に訳させた上で北京のCPTV本局に送り、そのコピーを中央宣伝部に届けてもらい、政府の認可を受けて変更を許可するという、とても手間のかかる作業を続けました。その結果、NHKが制作した新たな「中国版」は中国、日本側の双方ともに満足できる内容に仕上がり、わたしたちの日本での仕事は無事に終わりました。この大変な仕事も陶主任はわずか1週間ですべてやり遂げたのですから、その能力はほんとうに凄いと思いました。

連日、NHKの局内にカンヅメになり、わたしも体力的に限界でしたが、エネルギッシュな陶主任は夜まで続いた仕事を一段落させると、親しくなった日本人のディレクターたちと夜の東京に一緒に遊びに出かけました。彼は日本語はぜんぜんできませんから、通訳でわたしも同行しました。主任は「東京のナイトライフをすべて体験するぞ」と言って、夜な夜な渋谷、原宿、赤坂、六本木などに出かけ、飲み歩いたのです。秋葉原や神田、上野などの下町にも行きました。付き合ってくれる日本人テレビマンたちもエネルギッシュでした。お互い、相手国のテレビ業界に人脈を広げようと、野心満々のようでした。わたしはせっかく日本に里帰りしたので、できれば横浜の実家や親戚にも顔を出したかったのですが、主任の連夜の東京巡りに付き合わされ、滞在中、都内から一歩も外に出ることはできませんでした。陶主任は最終日、銀座に買い物に出かけ、わたしは山のようなお土産品をホテルまで運ばされました。


そんなわけで東京から北京に戻ってからは、わたしはひたすら爆睡して3日間を過ごしました。そして妻と息子が待つ大連市に帰るため、航空チケットを手配しました。次の江州ロケを前にして、第3チームのスタッフたちもようやく長期休暇を取ることができたのです。

しかし、大連に戻る前にわたしにはまだ北京でやらねばならないことがありました。それは鳥海2佐との約束を果たすことです。生前、彼が聴きたがっていた音楽アルバムを探し出し、それを彼のもとに送ってあげると約束したのです。鳥海2佐は死んでしまい、もうそれらの曲を聴くことはできませんが、代わりにわたしたちが彼の好きな曲を聴いてあげ、鳥海2佐を悼んであげたいと思ったのです。そして墓前にもアルバムを供えてあげたいと思いました。それで北京の休日の一日をアルバム探しにあてたのです。地下鉄で久しぶりに王府井まで行ってみることにしました。

鳥海2佐がわたしに手渡してくれた手書きのメモには、次の3曲が記されていました。ジェフ・リンの《ストーミー・ウェザー》、ジャニス・イアンの《ウィル・ユー・ダンス》、そしてアン・サリーの《蘇州夜曲》、です。映画にもなった《ウィル・ユー・ダンス》だけは知っていましたが、そのほかの曲はまったく知りませんでした。そこで若者の集うレコード・CDショップで店員にこれらの曲が入ったアルバムについて聞いてみました。

すると、「どれもレアな曲ばかりだなあ。うちには置いてないよ。ネットで探したほうが早いんじゃないの。中古しかないと思うけど」と言われてしまいました。

それで仕方なくスターバックスの喫茶店に入り、コーヒーを飲みながらスマホでこれらの曲を調べてみました。確かにネットのほうが充実していました。すぐに曲は見つかり、その場で試聴することもできました。

鳥海2佐のメモにはこんなコメントも記されていました。

「《ストーミー・ウェザー》は米留中にカリフォルニアの砂漠をオープンカーで走りながら聴いていた曲」とありました。

試聴するとイントロのエレキギターがすごく格好よくて、なるほど戦闘機乗りが好む曲だとわかりました。20代の彼がレイバンのサングラスをかけ、砂漠の一本道を赤いオープンカーで驀進していく姿が目に浮かびました。

一方、「《蘇州夜曲》は中国へのあこがれを育んでくれた歌」、そして「《ウィル・ユー・ダンス》は失恋した心を慰めてくれた曲」と書かれていました。

《ウィル・ユー・ダンス》は自分が勘違いしていたことにも気づきました。映画になっていたのは《シャル・ウィ・ダンス》だったのです。試聴して自分の間違いに気づき、ネット注文をあわててキャンセルしました。この2曲の歌詞はまったくの別物です。《ウィル・ユー・ダンス》の方は、ベトナム戦争当時の反戦歌だったのです。ジャニス・イアンが「サムワン・イズ・ダイイング……（いまも誰かが死んでいく……）」と繰り返し、繰り返し歌っているのがとても印象的でした。

これら3曲を聴いていると、鳥海2佐の孤独が感じられました。このように彼は、常に死を意識しながら毎日を生きていたのでしょう。いずれも切ない愛の歌のように思えました。ホテルに戻ると、わたしはこの3曲をCDに収め、彼の墓所に供えてくれるよう、四川省の崔所長宛に手紙を書きました。

この手紙を投函し、鳥海2佐とわたしの関係はこれですべて終わったように感じられました。でも、彼とわたしの思い出は残ります。航空宇宙自衛隊松島基地の航空祭で初めて鳥海2佐に会い、サインをもらった時のあの感激は、これからもわたしの中で決して消えることはないでしょう。

10

やはりインタビュー最終日午後の出来事もここに記しておきましょう。この3日後、鳥海2佐は獄中で自殺したのです。なぜ彼は自殺したのか、その背景事情をみなさんにも知ってもらうことができると思いますので。わたしはいまも自問自答します。インタビュー最後の収録で、わたしたちテレビクルーが鳥海2佐に対してとった行動は正しかったのかと。いくら番組の制作側が視聴者の目を引くドラマチックな場面を求めたとはいえ、本人とは直接何のかかわりもないテレビクルーまでが当事者の内面にまで土足で踏み込み、相手の心情をずたずたにしてしまう過激な言動をすることが公共放送の取材で果たして許されるのかと。

わたしたちがあの日、彼に明かした事実によって鳥海2佐が絶望の淵に追いやられ、これが自殺の要因になったことは容易に想像することができます。

あの日まで、わたしたちテレビスタッフはインタビュー中に鳥海2佐に不必要な動揺や不安を与えないよう、細心の注意を払いながら対応してきました。しかし最終日になり、もうそれを考慮しなくてもよくなった段階で、スタッフたちはそれまでとは一変、手の平を返すような残忍な行動に出たのです。その筆頭の陶ディレクターは、それまでの紳士的で穏健な顔をかなぐり捨て、まるで検察官が犯罪者を厳しく尋問するかのように、相手がいやがる質問を次々とぶつけ、鳥海2佐の苦悶する表情をテレビカメラに収めたのです。

一夜にして味方から敵に変わったテレビ局スタッフの豹変を知り、鳥海2佐は心に大きな傷を負ったことでしょう。

あの日の午後、鳥海2佐はその場ではなんとか平静をよそおってインタビューを終えたものの、その後の彼の苦悶はいかばかりだったか。それが原因となり、鳥海2佐は首を吊ったと考えてもおかしくはありません。彼を殺したのは、わたしたちテレビスタッフなのです。それほどまでに殺意さえもが隠されたインタビューでした。通訳として、自分もそれに加担していたと思うと、わたしはいまも安眠ができません。鳥海2佐へのインタビューの仕事が、こんなにも後味の悪い終わり方になるとは思いもしませんでした。

それでも鳥海2佐の死から1ヵ月の時を経て、わたしの考え方も少しずつ変わってきています。CPTVのテレビカメラの前ですべてを語りつくした鳥海2佐にとって、あの日以降、もはや生きる目的はなくなり、死を受け入れることで、自ら静かに幕を引いたのではないでしょうか。無期懲役の判決を受け、死ぬまで施設を出ることのできない鳥海2佐にとって、カメラの前で自身の思いをすべて語りつくしたことで、もはや思い残すことなど何もなかったのだと思います。いつか特別の恩赦によって釈放され、祖国日本の家族のもとに帰れるかもしれないというわずかな希望さえも、あの胡アシスタントの絶叫によって吹き飛び、もはや生きる希望も失せてしまったのではないでしょうか。しかし、このような幕切れは、わたしにとっても非常に心苦しく、悔恨を残すものになってしまいました。

鳥海2佐はわたしの少年時代のあこがれのパイロットでしたから、あの日、自分のしたことが彼の死にも影響を与えてしまったと思うと、ほんとうに身が引き裂かれる思いです。いまのこの気持ちを切り離すことができないいまま、わたしは次のロケ先である江州に向かわなければなりません。しかし、いまも鳥海2佐のことが四六時中、頭の中をよぎり、いまだ心の整理がついていないというのが正直なところです。このままではダメなことはわかっています。次の江州ロケに備えて、自分の心を白紙にしておかねばなりません。次は日本軍機を迎撃した中国空軍パイロットたちへのインタビューの仕事が待っているのですから。

四川省の政治犯収容施設で最後となる6日目午前のインタビューは、鳥海2佐に航空宇宙自衛隊のフライトスーツを着てもらい、彼のモノローグを収録する段取りで始まりました。陶主任から渡されたメモをもとに、わたしが事前にレジメをつくり、前日、鳥海2佐にその話す内容を伝えておきました。まじめな鳥海2佐は、まる一日かけてそのモノローグの準備をし、発声練習までしてくれたということです。

撮影では、わたしのレジメにしたがい、スポットライトを浴びた鳥海2佐が、海上自衛隊の空母「いずも」を発艦し、温州沖に向けて出撃した日の出来事を淡々と語りました。フライトスーツを着た鳥海2佐の風貌は、囚人服の前日までとはぜんぜん異なり、そのサムライ然とした軍服姿はほれぼれするほどかっこよく、このテレビ映えするシーンは間違えなく特番に使えると思いました。その思いは陶主任や蔡チーフも同じだったと思います。彼らも撮影中は終始、上機嫌でしたから。

航空宇宙自衛隊の軍服は、アシスタントの胡丹華が機転を利かせ、CPTV本局の小道具室からドラマ撮影用の一式を貸し出してもらったものでした。CPTVでは中日戦争のドラマ撮影用に、ネットオークションに出品された日本の自衛隊の装備品や小物を競り落として、ふだんから小道具室に保管されていたのです。それを知っていた胡丹華が、今回の日本人パイロットのインタビュー撮影に使えるのではないかと気を利かせ、空自のフライトスーツ一式を持参してくれていたのです。軍服はジャケットのほか、識別帽、マフラー、手袋、ブーツなどがそろい、2等空佐の階級章もちゃんと着けられていました。ただし、空母「いずも」の艦載飛行隊を示すF35B《海猫隊》に関するものはさすがに小道具室にはありません。そこで、こちらはわたしが収容所の倉庫に保管されていた鳥海2佐の所持品の中から当時の破れたフライトスーツに着けられていたワッペンやネームプレートを取り外し、これを新しい軍服に装着しました。F35B戦闘機とウミネコの絵を組み合わせたデザインのワッペンは、鳥海2佐が緊急脱出して海上に着水した際の衝撃で一部が破損し、10年を経て色も褪せてはいましたが、それがあるなしでは軍服のリアルさはぜんぜん違うので、ワッペンを着けて撮影することにしました。ちぎれた部分にちょっと違和感がありましたが、ライトの当て方を工夫するとそれも目立たなくなりました。

鳥海2佐は、青色の囚人服から航空宇宙自衛隊のモスグリーンのパイロットスーツに着替えると、まさに見違えり、印象もガラリと変わりました。思わず「馬子にも衣裳」ということわざが頭に浮かんだくらいです。鳥海2佐は実戦を戦った戦闘機パイロットだけに、その胡麻塩の坊主頭やとび出た頬骨までもが軍人としての凄みに変わりました。縮んだ彼の身体にフライトスーツのサイズはやや大きすぎるようでしたが、横から光を受けると肩や胸元が広がって見え、堂々とした戦闘機乗りに変貌しました。蔡カメラマンと胡アシスタントの光の魔術は、ここでも十二分に活かされました。

室内の蛍光灯が消され、暗い中でスポットライトを浴びると、さらにサムライの精悍さは際立ちます。左胸に空自のウイングマークと「CHOKAI」と刺繍されたネームプレート、右胸にいぶし銀の《海猫隊》のワッペンが誇らしげです。そして肩には「JAPAN」の文字と海上自衛隊の軍艦旗が合体されたパッチが付けられ、そこには10年の時を経てよみがえった航空宇宙自衛隊F35Bステルス戦闘機隊の飛行隊長がいました。

鳥海2佐が話した内容は、基本的に初日から3日目までのインタビューで彼が周中校に対して語った内容と同じですが、こんどはひとり語りによるモノローグです。鳥海2佐はこれまでモノローグの訓練など受けたことはありませんが、空自の教育隊で教官の経験が長かったためか、話し方はとても上手で、語りもスムーズでした。しかし、収録はぶっつけ本番となります。わたしが事前に画用紙に大きく書き込んだレジメを彼の向かい側の防音壁に貼っておき、その順番に従って話してもらいました。「自由に話させたほうが自然体になる。それに最後だから彼にも好きなことを話させよう」。陶ディレクターからもそのような指示がありました。

収録中はトラブルの発生に備え、わたしと周中校が彼の後方に控えていましたが、とくだん、なにも問題は起こりませんでした。鳥海2佐は前日も夜までモノローグの練習をしたのでしょう、その語り口はなかなかさまになっていました。鉄パイプのスツールに背筋を伸ばして座ったサムライは、両手を腰に当て、暗闇を凝視しながらゆっくりと話し始めました。

「インド側からヒマラヤ山脈の陰に隠れて中国領内に侵入し、中国の最重要防護施設である三峡ダムに向け、ペイントが装填された長距離巡航ミサイルを発射した航空宇宙自衛隊ステルス戦闘機部隊の作戦名は《オペレーション・フライング・ニンバス》だった。これは『西遊記』の孫悟空が乗って空を駆ける《筋斗雲》を意味し、われわれはこの作戦を略して《OFN》と呼んでいた。その名の通り、部隊には《筋斗雲》のようにインドからひとっ飛びで中国大陸を横断し、東シナ海にぬけることが期待されていた」

軍服を着てのモノローグは、やはりぜんぜん迫力が違います。インタビュアーを前にすると、相手を気にして、どうしてもまったりとした対談のような空気になってしまいますが、ひとり語りは緊張感があり、物語性も高まり、視聴者はその語り手のわずかな表情の動きからも隠された意味を読み取ることができます。もともとモノローグはアラビア半島や北アフリカの吟遊詩人が、砂漠を旅する途中、隊商宿で一緒になった旅人に焚き木を囲んで物語を語るところから発展しました。ですから、一語一語に非常に重みがあるのです。まさに鳥海2佐のこの時の言葉がそれでした。

「東シナ海沿岸の中国空軍の基地からいっせいに飛び立った無数の中国軍機は、そのまま上空にとどまり、なぜか沖合に滞空するわれわれに接近してこなかった。長距離の対空ミサイルで攻撃してくるかと身構えていたが、それもしなかった。確かにステルス機のF35を100キロ先からロックオンすることは極めて難しい。それが攻撃してこない理由かと思ったが、その判断は誤りだった。中国軍は宇宙の側からわれわれの動向を密かに捕捉し、攻撃する機会をうかがっていたのだ。中国軍は東シナ海上空の軌道上に多数の早期警戒衛星を配置し、地域一帯を監視できる宇宙コンステレーションをつくり上げていた。これにより宇宙の側から弾道弾や巡航ミサイルの飛翔だけでなく、ステルス機の存在も探知できていたのだ」

「沿岸50キロまで接近したところで中国軍は撃ってきた。陸上からだけでなく、上空からも、海上からもだ。ミサイルが空中にあふれた。その時、前方にいた敵機は消えていた。それこそが彼らの戦術だったのだ。弾頭はすべてパルス弾だった。われわれの周囲でそれが次々に炸裂し、強い電磁波で空間は満たされ、通信が不能になった。次の瞬間、機体が白い光に包まれた。直後、雷に打たれたような衝撃があり、エンジンがストップした。再点火を試みたが、だめだった。機体が降下しはじめた。操縦が不能になった。コックピット内には煙が充満してきた。機を捨て、脱出するしかなかった。通信がきかないので確認はできなかったが、おそらく僚機も同じ運命をたどったのだろう。くそ、なんてなさけないざまだ。そう自分をののしりながら、わたしはベイルアウトのレバーを引いた。強い衝撃があり、座席ごと機外に放出された。気が付くと、夜明け前の冷たい空気の中をパラシュートで降下していた。その降下中も自分に起きたことに納得がいかず、自分を毒づいていた。暗い海に向かって落下しながら、なんどもなんども自分を毒づいていた」

ここで鳥海2佐は話すのを止めた。そして大きく息を吸い、テーブルに置かれたグラスの水を口にふくむと、また話し始めた。

「中国軍は最初からわれわれと空中戦を戦う気など、これっぽっちもなかったのだ。航空宇宙自衛隊のステルス機を各個撃破するよりも、パルス弾を使って一網打尽にするほうがずっとたやすかったのだ。彼らは暗闇を利用し、対空レーザー兵器も多用した。夜の空を飛ぶステルス機に向け、レーザーを照射してきた。これは機体を破壊するのではなく、パイロットの眼を失明させるためのものだ。和泉から最後に入った通信は《眼をやられた》というものだった。レーザーにやられたのだろう」

スポットライトの中で話す鳥海2佐の真っ白な顔立ちは、まるでローマの大理石の彫像のようでした。暗闇の中、パルス弾の閃光を浴びた時の彼の顔も、こんなだったのかもしれません。光で顔の傷やしわが消え、青年に戻ったかのようでした。頬がこけてはいましたが、そこには空自のブルーインパルスのメンバーだった頃の面影がありました。

ここで「カット！」という声がかかりました。陶主任がスタッフに小休止の指示を出したのです。

鳥海2佐の横に立った周中校が、ポケットからタバコを取り出し、その1本をそっと鳥海2佐に差し出しました。鳥海2佐は「シェシェ（ありがとう）」と礼を述べ、周中校とともにタバコの煙をくゆらせました。

このふたりのリラックスした雰囲気はとてもよく、蔡カメラマンと胡アシスタントはこの場面もぬかりなくハンディカメラで収録していました。

こうして午前中の収録は無事に完了しました。四川省でのロケは、あと午後の仕事を残すだけです。長いようでもあり、短いようでもあった撮影の仕事も、これでいよいよ終わるのです。明日には、ここにいるスタッフたちも家族が待つ北京に帰っているはずです。ようやくここまできたか、という安堵感がクルーの間にも広がっているのがわかりました。ただ、鳥海2佐だけは口数が減りました。このテレビの取材が終われば、彼は再び無期懲役の受刑者として、服役の日常に戻るのです。その落差の大きさを一番よく知っているのが鳥海2佐だったのです。

そうしたことも理由だったのか、この日の昼食は、こちらに来て初めて鳥海2佐を交えてのものではなく、本館の会議室でスタッフだけのランチとなりました。打ち合わせを兼ねていたため、出席者は20分で手早く食事を済ませた後、すぐにミーティングに移りました。陶ディレクターが「午後の収録は変更になる」と通知し、新たな撮影予定のペーパーを配ったのです。その変更された内容を見て、わたしは驚きました。なぜなら、これから開始される収録はモノローグではなく、戦争犯罪者の罪状をあばき、刑事責任を追及する、軍事法廷のような内容になっていたからです。ペーパーに記載された質問事項は、どれも悪意のあるいじわるなものばかりで、これは間違いなく鳥海2佐を困惑させ、狼狽させ、怒らせるための質問であることがわかりました。

ここでわたしたちの心を見透かすように陶主任が言い放ちました。

「いいか、やつにこれを聞くのは、われわれの義務なのだ。10年前の三峡ダムの決壊で340万人もの中国人民が死亡し、3億人が家を失ったのだ。あの悲劇から10年を記録する特別番組で、日本人パイロットとの仲良しインタビューでこの仕事を終わらせるわけにはいかない。あの悲劇の責任を、日本人にとってもらわなければならないからだ」

陶主任の言葉に、意外にも周中校が抵抗しました。彼は鳥海2佐と同じ飛行機乗りとして、このインタビュー内容はとても容認できるものではなかったのでしょう。

「済まないが、このようなこと、わたしにはできない」

この言葉に、室内にいたスタッフ全員が固まりました。絶対的な権力を持つ独裁者に、彼が反旗を翻したとみられたからです。一呼吸おいて陶主任が言い放ちました。

「そうか、わかった。反対する人間には降りてもらう。ただし、命令を拒否したことだけは忘れないでおいてくれたまえ。では、代わりにわたしが午後のインタビュアーを務めることにしよう。李君、引き続き通訳をたのむぞ」

そう言うと陶ディレクターは席を立ち、足早に部屋を出ていきました。その後を、蔡カメラマンと胡アシスタントが追いました。呂次長らローカルスタッフたちも続きました。部屋には、わたしと周中校だけが残されました。

この撮影変更は、わたしと周中校を除くほかのスタッフには事前に伝えられていたようです。知らないのはわたしたちだけでした。

昨夕、陶ディレクターと蔡カメラマンたちは夜の街に繰り出しましたが、それは飲みに行ったのではなく、今日の撮影の段取りについての事前の打ち合わせをしていたのです。この件では、彼らも周中校がインタビュアーを拒否することを事前に予想し、その次善策も検討していたようでした。しかし、この件で、わたしが降りることだけは陶主任も決して許しませんでした。なぜなら、日本語の通訳はわたししかこの場にいなかったからです。そんなわけで、この日の午後、わたしは針のむしろに座ってでも、最後まで鳥海2佐の通訳をやり遂げねばならなくなりました。

あとで聞いたところによると、この日のインタビューが始まる前、陶主任は撮影スタッフ全員を会議室に集め、一席ぶったということです。つまり訓示です。その内容は、毛沢東が遺した言葉でした。彼はスタッフにこう話したということです。

「諸君、ここであらためて思い出してもらいたい。われわれが番組を制作する究極の目的は、宿敵である日本を打倒するためだ」

そのように陶主任は話し始めたということです。

「諸君も知る通り、毛主席は日本を倒すため、三つの段階を設定した。第1段階は《祖国防衛》であり、まだ弱かった中国は中日友好を前面に出し、日本から資本と高度な技術を取り込んだ。そして成長した。第2段階は《戦略的対峙》の時期だ。発展を遂げた中国は、あらゆる手段で日本に政治的な圧迫を加え、経済力で日本を凌駕したところで日本の軍事的制圧に乗り出した。そして第3段階は《東アジアの制覇》である。中国は、日本との東シナ海戦争に勝利し、日本をついに蹴落とした。ついに中国がアジアの覇者となり、中国共産党が指導する中華人民共和国はその栄光の時を迎えようとしている。あの悪夢の甲午中日戦争（日清戦争）から145年、ついに中国は日本を退け、アジアで完全なる勝利を得たのだ。毛主席の戦略がついに日本を圧倒したのだ。この勝利の味を中国すべての人民に味わってもらうための一品が、われわれの番組なのだ。この特別番組を通して中国人民は145年前の恨みを晴らすのだ。諸君はそのことをよくわきまえ、最後の収録に臨んでもらいたい」

午後のインタビュールームには、ふたりの看守に護送され、航空宇宙自衛隊のフライトスーツ姿の鳥海2佐が再登場しました。軍服姿のため、まさに捕虜連行そのままの恰好でした。この最後の収録では、インタビュアーが陶主任に代わっていました。この異変に鳥海2佐もすぐに気づいたようです。周囲のスタッフの態度も冷ややかになっていて、フレンドリーだったこれまでとは空気が一変していることを知り、彼はこわばった表情になりました。

看守が鳥海2佐をこれまでより強引に着席させ、足枷が床に固定されると、無言のうちに尋問が開始されました。テーブルをはさんで対面に座った黒いスーツ姿の陶主任が、手にした茶封筒の中から大きく引き伸ばされた写真を取り出すと、それを鳥海2佐の前に並べました。

「これがなんだかわかりますか」

これまでにない威嚇的な物言いでした。わたしも仕方なく主任の口調をまね、威圧的な声音で通訳しました。陶主任は、わたしにもその目で圧力をかけてきたからです。鳥海2佐の気持ちを思うと、それはとても心苦しいものでした。

鳥海2佐は、テーブルに置かれた写真を一枚一枚見ていくうち、表情が次第にゆがんでいくのがわかりました。その顔を各カメラがアップで捉えます。写真はいずれも三峡ダムが決壊し、町や村が濁流にのまれる場面でした。写真の中には、洪水が引いた後に打ち上げられた死体をカラスの群れがついばむ場面などもありました。

「これを見てどう思いますか?」

冷たい声で主任が質問しました。

目を見開いたまま言葉が出てこない鳥海2佐の顔を、正面からレンズが捉えます。

「とても悲しい……」やっと口を開きました。

「これは日本の戦争犯罪であるとあなたは思いますか?」

「違う。違うと信じたい。ダムの決壊は事故だったのだ」

悲痛な目で鳥海2佐は否定しました。

「なにを言うんだ！　でたらめを言うな！　日本軍機のミサイルで三峡ダムは決壊し、このように多くの罪のない中国人が死んだんだ。死者は340万人にも上ったんだぞ！　家や家族を失った被災者は3億人だ。日本軍人であるあんたにも、その責任があるはずだ！」

わたしは通訳をしながらこの場から逃げ出したい気持ちでいっぱいになりました。しかし、それは許されません。

「被害の流域は長江沿岸1千キロにも及んだんだ。6波におよぶ大津波が長江下流に押し寄せ、荊州、武漢、南京、杭州、上海などの大都市も壊滅した。これをあんたはどう思うか?」

「ただ残念としか、申し上げる言葉はない」

「残念だと？　それはどういうことだ。いいか、あんたらのやったことは、中国に10発の水爆を落としたのと同じなんだぞ。その攻撃をしたのが、あんたら日本の軍人だ。中国に水爆を投下しての、あんたの気持ちはどうなんだ？」

「日本は……、航空宇宙自衛隊は……、決してそのようなことはしない……、していない……」

「これだけの被害を出しておきながら、お前は、まだ白を切るつもりなのか？」

「わたしにはわからない。そのようなこと、わたしにはわからないんだ……」

鳥海2佐の苦渋の表情を、周囲から5台のカメラが同時に撮影していました。この尋問は、視聴率を上げるための常套手段ではないのかと思いました。中国では、日本人をいじめることで、注目度を高めることができるのです。テレビ局も反日番組をつくれば、そこそこの視聴率が取れるのです。

とはいっても、これまで6日間にわたりフレンドリーに接し、鳥海2佐の警戒心を取り除き、相手を油断させたうえで、それを最後の最後に裏切るというのは、非常に卑怯なやり方でした。これにはわたしも違和感を持つとともに、正直に言えば、怒りの気持ちさえ湧き上がりました。この弱者である相手を徹底的に痛めつけて、その悲鳴を収録するという残忍さは、ある意味、メディアの本性であるのかもしれません。残酷なシーンで視聴率を得るというのは、被災地で死肉をあさるハイエナやハゲタカと変わりません。これがメディアなのでしょうか。

「では、こちらの写真はどうかな？」

陶主任が別の大判の写真をテーブルに並べました。こちらもむごたらしい死体の写真です。唯一つ違うのは、いずれの死体もモスグリーンのつなぎの服を着ていたことです。それは鳥海2佐がいま着ているのと同じ空自のパイロットスーツでした。つまり、死体はどれもが日本人パイロットでした。撃墜されて大破したコックピット内に血だらけで倒れているパイロット。パラシュートで降下した後、中国農民に撲殺されたパイロット。その後方では鎌や鍬を手にした農民たちが気勢を上げています。そして銃殺刑に処せられた日本人の遺体。こちらは顔がわかるように目隠しがはずされていました。

「鮎沢……、ああ……」

鳥海2佐がのどからしぼり出すような悲痛な声を発しました。

わたしは嫌悪感で思わず目をそらしました。しかし、カメラは嗚咽する鳥海2佐の顔をアップで撮り続けています。それは中国に未曾有の惨禍をもたらした日本の戦争犯罪者が、どのような末路をたどったか、中国人民に教えるためのものであるようでした。中国では長い歴史を通じ、そうした教育法が一般的なのです。

これもテレビの向こう側にいる視聴者におもねたテクニックなのでしょう。視聴者に優越感を与えるため、極悪非道の日本人を徹底的にいたぶり、相手の苦しむ顔をクローズアップで映し、中国人民にカタルシスを得させるという方法なのです。テレビの中で日本人に罪の重さを教え、悔恨させ、繰り返し中国に許しを請わせるのです。そうしたシーンを見るのが中国人民は好きなのです。中国では公開処刑までもが、民衆のガス抜きに使われていることは広く知られていることです。それはすでに文化にまでなっているのです。しかし、中国を代表するテレビ局であるＣＰＴＶのドキュメンタリー部門までが、それを行うというのはどうでしょうか。そのように考えるわたしのほうがこの国では異質であり、中国人からすれば、うぶな馬鹿者なのでしょうか。

ふと、脳裏に浮かびました。もしかしたら、陶主任はインタビューの最終日に日本人パイロットをいたぶるこのシーンを撮るためだけに、この1週間、鳥海2佐の前でフレンドリーな顔を演じてきたのではないでしょうか。この施設で、わたしたちは計30時間以上も鳥海2佐にインタビューしてきましたが、すべてはこの最終日の最後の撮影のためのお膳立てに過ぎなかったのかもしれません。5台のカメラで延べ200時間の映像は、最終的には2時間の番組に切り詰められます。ということは、先に撮った映像はほとんど使われず、この最終日の場面こそがクローズアップされるかもしれません。わたしは陶主任の真意をここで初めて知り、あらためて映像メディアのむごさ、エゴというようなものを強く感じずにはいられませんでした。


「それでは鳥海2佐、中国14億人の全人民に向け、テレビカメラの前で、ここであらためて謝罪していただけませんか」

陶主任は日本軍人に苛烈な行動を求めました。

まな板上のコイである鳥海2佐は、ここで拒むようなことは許されません。日本国と日本国民のためにも、彼はここで中国国営テレビの要求に応えねばならないことは、わかっているようでした。周囲では3台の固定カメラと2台の手持ちカメラが、彼の次のアクションを、まるでスナイパーのように狙っていました。

鳥海2佐は、足に嵌められた鎖をじゃらじゃらいわせながら椅子からゆっくりと立ち上がると、テーブルの上に両手をつき、陶主任に向けて頭を下げ、「中国のみなさん、誠に申し訳ありませんでした」と謝罪の言葉を口にしました。

「声が小さいぞ！　もう一度だ！」

陶主任が命令しました。それをわたしは胸が引き裂かれる想いで日本語に訳しました。

鳥海2佐は同じ行動をもう一度行い、より大きな声で謝罪の声を発しました。

「おい、そんなんじゃだめなんだよ！」

突如、その場に、甲高い女の怒声が響きわたりました。

みなが一斉にその声がした方向に顔を向けると、アシスタントカメラマンの胡丹華が、すごい形相で鳥海2佐に向けて叫んでいました。彼女は、家族全員を三峡ダム決壊後の洪水で亡くしています。

「おい、てめえ、床に土下座して謝るんだよ！」

「李君、訳せ！」

主任の命令で、胡丹華の言葉をわたしは訳しました。

鳥海2佐は鋭い眼で瞬時わたしの顔を見たあと、ゆっくりテーブルから離れ、足枷をがちゃがちゃさせながらコンクリートの床にひざまずき、胡丹華に向けて土下座しました。蔡カメラマンはその前にしゃがみ込んで囚人の顔や足首に付けられた足枷の状態を手持ちカメラで撮っていました。

鳥海2佐は冷たい床の上で頭を下げ、謝罪しました。

「被災されたみなさまには、誠に申し訳なく思っている。被災された中国の全人民に心からお詫びする」

軍人としてのプライドをかなぐり捨て、ごましおの頭をコンクリートに擦り付ける姿は痛々しく、とても見てはいられませんでした。

「おい、一回じゃだめだ！　それを三度繰り返すんだよ！　それが中国のやり方なんだ！」

胡丹華の甲高い声が室内に響き、それをわたしが訳します。

鳥海2佐が土下座を三度繰り返し、このシーンを5台のカメラが収めていました。これこそ中国伝統の《叩頭の礼》です。現代の中国人は、この王朝時代を思わせる伝統の主従関係の儀式を嫌悪しながらも、じつは本心では大好きで、何度でも見たいのです。特番では間違いなく、この小日本の小軍人が中国娘に懺悔する姿が重要なシーンとして使われることでしょう。なにしろ中国の視聴者に対し、日本人を徹底的にやっつける極上のカタルシスを与えてくれる場面になるのですから。

これで終わったかと思った次の瞬間、さらに予想外のアクシデントが起きました。胡丹華がカメラの前に闖入し、土下座している鳥海2佐の前に立つと、彼の顔につばを吐きかけ、恐ろしい声で罵ったのです。

「この鬼小日本人め！　とっとと地獄に落ちるがいい！」

鳥海2佐の驚愕する顔に、彼女はまたもや、つばを吐きかけました。そして怒りに油が注がれたのか、さらにわめき散らしました。

「お前ら小日本は負けたんだ！　中国にこてんぱんにやられたんだ！　ざまをみろ！」

そして醜い顔で相手を罵倒し始めました。

「てめえ、知ってるか！　おめえらの九州・沖縄なんて、もうねえんだぞ！　いまはな、中国領の江州・琉球になって、多くの中国人が住んでるんだ！　中国の新しい領土さ、新疆さ、ざまあみろ！　日本はもうおしまいなのさ！」

この金切り声の意味が鳥海2佐に届かないことをわたしは望みましたが、彼の見開かれた目の表情に、わたしは鳥海2佐がついにその事実を知ったのだとわかりました。

あの日本軍機による三峡ダム攻撃の後、ダム決壊による長江沿岸の大惨事を目の当たりにした日本の保守政権は、世界からの大非難を浴びて倒れ、新たに政権を担った革新派の首相は、中国被災民の日本への受け入れを表明します。これが国家としてあだとなりました。

この日本政府の発表を待っていたかのように、被災中国人たちが一斉に雪崩を打って九州・沖縄を目指したのです。あの時、日本への渡航に20万隻もの大量の船が使われたという推計が残っています。九州を目指したのは長江沿岸の被災民だけでなく、混乱に乗じて中国全土からも何百万人もの人民が日本に向かったということでした。東シナ海沿岸の各地の港からは、客船だけでなく、貨物船や漁船にも乗って中国人が続々と九州西岸に上陸したのです。わずか1週間の間に、300万人もの中国人が福岡、長崎、佐賀、熊本、鹿児島、沖縄に上陸したと推定されています。

この上陸者の中には、じつは中国各地の刑務所に入れられていた凶悪犯なども加わっていて、そうした犯罪者の一団が尖兵となって日本人を略奪し、日本の住民から住居を奪い、日本人を追い立てました。そして無人となった地域に上陸した中国人たちが次々に住みついていったのです。パニックとなった九州・沖縄の日本人たちは、襲ってくる中国人への恐怖から本州や四国へと逃れました。その空白となった土地に、その間もピストン輸送された中国人民が続々と住み付き、やがてその数は1千万人を超えたのです。

これは日本の保守政治家の主張ですが、日本に上陸した中国人の中には武器を隠し持った中国人民解放軍の覆面部隊が含まれ、これら部隊が前面に立つ日本の警察や自衛隊を排除し、上陸中国人たちの略奪を後押ししたということです。日本の法律では警察官や自衛官は一般市民に向けて決して発砲することが許されず、それを知っていた被災民に紛れ込んだ解放軍の覆面兵士により、あれよあれよという間に日本の警察組織は駆逐され、その後、押し寄せた中国人に町や村は占拠されてしまったのです。

中国との平和回復を訴えた当時の日本の革新政権は、中国共産党の意図も中国人被災者たちの日本への渡航目的も理解することができず、被災者の受け入れを表明してしまいました。その結果、中国人が押し寄せ、日本の警察も自衛隊も対応が遅れ、気が付いたときには九州・沖縄の西海岸はどこも中国人に占拠されてしまっていたのです。中国軍は知っていたのです。民主主義の日本では警察官も自衛官も民間人に向けては決して発砲することはないと。その結果、九州・沖縄は途方もない数の中国人民によって短時間のうちに占領されてしまったのです。

あの混乱から早9年が過ぎました。長江沿岸の人民により創設された新しい土地は「江州」と名を変え、現在、3千万人以上の中国人民が暮らしています。中国政府はこの新領土をこのたび正式に「新疆江州自治区」と命名しました。あの東シナ海での大混乱を振り返れば、あれも中国軍の新しい戦い方の一つだったのかもしれません。中国のハイブリット戦略なども当時は呼ばれれましたが、ロシアが住民を使ってウクライナからクリミア半島を奪取したのと同様に、中国は数千万単位の人民を使って日本から九州と沖縄を奪ったのです。いまは日本人が去り、中国人が住む土地となったのですから、まさに中国は「新領土」獲得に成功したと言えます。このたびのＣＰＴＶの特別番組の制作は、その事実を世界に向けて広くアピールする特別の役割も担っていたのです。

「李君、いまの言葉も訳すんだ！」

わたしは我に返りました。陶主任の命令で、わたしは心を鬼にして胡丹華の言葉を訳しました。鳥海2佐の眼は見開かれ、しだいに放心状態となっていきました。彼が命を懸けて守ろうとしてきた祖国は、その多くがすでに中国によって奪われてしまっていたのです。鳥海2佐はそのことをいま初めて知ったのです。

胡丹華は相手の開いた傷口にさらに塩を塗り込みます。

「ざまあみろ！　てめえらが大洪水を起こしたから、お返しにお前らの領土をぶんどってやったのさ！　へっへっへっ、ざまあみろ！」

胡丹華のみにくい顔は、キャパが撮影した《狂気のトロツキー》の顔を思い出させました。しかし、そういえば、今日の彼女はいつものジーンズにロバート・キャパのTシャツではなく、なんとピンク色のブラウスを着ています。そして彼女は化粧までしていました。ということは、これも撮影効果を上げるためなのでしょうか。彼女がしているのは、まさにシナリオ通りの演技なのです！　陶主任が仕組んだのに間違いありません。

「長江人がつくった国だから江州なのさ！　そして江州の都は江京！　わかったかい！　あんたらの熊本城も、いまでは赤く塗られて江京城なのさ！　江州はいま3千万の中国人が暮らす新疆なのさ！　こうなったのも責任はすべておまえらだ！　ははは、もう日本は立ち直れない！　足を折られたくそ犬と同じさ！　いくら吠えたって、もうちっとも恐くないやい！」

胡丹華は狂ったように高笑いしました。

「ざまを見ろ！　日本はもうおしまいだ！　次は四国と本州も中国のものにしてやる！　かわいそうね、あんたも！　死ぬまで知らなければ幸せだったのに！」

そしてもう一度高笑いしました。

そこに周中校が現れ、「もういい、十分だ！　やめろ！」と言って胡丹華の腕をとり、鳥海2佐から引き離しました。

しかし、丹華は暴れて腕を振りほどき、悪びれずに叫び続けました。

「渡海闖日本！（海を渡って日本に上陸せよ！）　渡海闖日本！」

そしてカメラマン席にあったペットボトルを手に取るや、振り向きざま、鳥海2佐に向けて投げつけました。ボトルは鳥海2佐の額にあたって水が飛び散りました。

「てめえも、くたばっちまえ！　くそじじい！」

丹華の叫びが響きわたりました。

この修羅場もカメラマンたちが抜かりなく撮影しています。そこに黒い制服を着た看守が現れました。ふたりが鳥海2佐の腕を両側からつかみ、立ち上がらせました。そして手錠をし、足枷を床から外して後ろから警棒で小突き、彼を連行していきました。あっという間の出来事でした。

わたしは鳥海2佐を無言で見送りました。それが彼の生前の姿を見る最後となりました。このシーンをもって、わたしたちの仕事はすべて終わったのです。


いま北京に戻り、あらためてあの最終日のことを思い返せば、胡丹華の突飛な言動はすべて劇的な効果を生み出すための演出であったことがわかります。なぜなら、後に放映された特別番組でも、「渡海闖日本！」と叫ぶ彼女のシーンが効果的に使われていたからです。被害者である側の中国人の心に強く訴えるには、ああしたビジュアル的にも絵になる場面がどうしても必要だったのでしょう。そのためだったら、日本人の囚人をいたぶることなど何でもなかったのかもしれません。陶ディレクター、恐るべしです。

北京に滞在中、わたしは鳥海2佐を悼むため、彼が好きだったという歌を入れたCDを四川省の収容所長宛に送りました。心に大きな傷を受け、自刃した鳥海2佐へのせめてもの償いの気持ちからでした。

わたしたちの特別番組『死の直前に明かされた真実――日本人戦闘機パイロットが語る三峡ダム空爆作戦の全貌』は週末のゴールデンタイムに放送され、なんと視聴率37％を記録しました。すごい数字です。中国全土で5億人以上が視聴したことになります。さらに江州では87％という信じられないような視聴率でした。陶ディレクターの作戦が見事に当たったのでしょう。

番組では、胡丹華が泣き叫び、日本軍人に罵詈雑言を浴びせ、つばを吐きかける場面がやはりクライマックス・シーンになっていました。その場にいたわたしにとっては、まさにグロテスクで、見るに堪えられない残酷なシーンでしたが、中国の視聴者からは大絶賛だったということです。SNSで胡丹華は一躍、悲劇のヒロインに祭り上げられました。ダムの決壊で被災した3億人の中国人にカタルシスを与えるには、このくらいいやらなければならなかったのかもしれません。

「あんたらの九州・沖縄はもうないのさ！　いまは中国の江州・琉球なのさ！　いいきみ！　あんた、心臓がばくばくしてるみたいね。さっさと息を止めて、くたばっちまいな！」

その通り、鳥海2佐は死んでしまいました。胡丹華のかん高い叫び声が鳥海2佐の胸を引き裂き、心臓を射抜いたのでしょう。

いま、わたしは大連に帰り、妻と子と平凡な毎日を送っています。ようやく長期休暇がとれたのです。四川省で行われたロケの仕事も、もう遠い昔の出来事のように思えます。そしていま、渤海の大海原を一望のもとに見ることのできる大連の星海公園の丘の上に立つと、10年前、この湾からも中国人移住者を乗せた無数の船が九州・沖縄に向けて出帆していったことを思い出します。

あの頃大連は、東北部の移民たちの出発地となっていて、港内には海面が見えなくなるほど、たくさんの船舶が浮かんでいました。三峡ダム決壊による洪水の被害からは無縁だった東北地方の人びとまでが、あの時、中国政府の呼びかけに応じ、江州に向かって一斉に船出していったのです。遼寧省、吉林省、黒龍江省からの移民たちはこの大連に集まり、街中が荷物を持った人たちでごった返していました。その人びとは無料の客船や貨物船に乗って新天地・江州へと旅立っていったのです。その数は大連港だけで200万人にのぼったと聞いています。その人たちはいま、日本人が去った江州に住み着いているのです。温かな気候で、土地もよく肥えていると、現地の人民はみな満足しているということです。

それ以上のことはここでは言わないでおくことにしましょう。日本生まれの中国人である自分には、口にできない、口にはしたくない事情もあるのです。異国で平穏無事に生きていくためには、決して表に出さず、秘密にしておかねばならないこともあるのです。そうした土地の人間の相互の了解のもと、人間関係は維持されるのです。わたしもそうした華僑の生存のためのルールに従っているので、ここではこれ以上のことを口にしたくはありません。みなさんにも、そこのところを理解していただければありがたいです。

さて、2週間の休暇が明ければ、再びCPTVの特番ロケが開始されます。三峡ダム決壊から10年を記念した『悲劇から10年――中国と日本はなぜ戦火を交えたのか』の収録の再開です。鳥海2佐の自殺を受けて延期されていた江州ロケがいよいよ始まるのです。今回は江州の各地に残る戦跡を訪ね歩き、中国新領土の最前線で祖国防衛の任務にあたる中国人民解放軍の部隊なども取材する予定です。日本との新たな国境（34度線、旧関門海峡）に配置されている国連PKO部隊（兵力引き離し監視隊）の指揮官インタビューなども行われる計画です。

そんなわけで、わたしは明日、江州に向けて出発します。あちらではどんな新しい景色が見られるのか、すごく楽しみです。江京にいる母もきっと喜んでくれるでしょう。それでは、中国一帯一路の新たな東の起点となる新彊江州自治区に行ってきます。

あとがき

いま考えれば信じられないほどに牧歌的であった東京・六本木時代の防衛庁。週末の夜でも壁外の繁華街に繰り出せない各幕広報室の室員たちは、日が落ちると冷蔵庫からビールを取り出し、ランニング姿になって夜回りの記者たちと雑談に興じていた。そんな時に盛り上がったのが「俺なら日本をこう攻める」という互いの戦略論のぶつけ合い。旧軍の蹉跌を知る隊員が強調したのは、自衛隊は正規戦には強いかもしれないが、これからは民間を含めた総力戦の時代になる。そこでは自衛隊は本来の力を発揮できなくなるかもしれない。そこが弱点だ——。その言葉どおり、ロシアはその後「ハイブリッド戦」でウクライナからクリミア半島を奪い、中国は軍民一体の「超限戦」で世界の果てまで影響力を広げた。これに対し、情報力に乏しく外圧にも弱い日本。いつか世界的な陰謀に巻き込まれ、亡国につながる「第2のパールハーバー」に手を染めてしまうのではないか。その恐怖はこの30年、高まりはすれども消えることはなかった。そこで敢えて日本の最悪の状況に踏み込んで書いてみた。市ヶ谷の防衛省の皆さんには笑止千万、ばかばかしい内容だと思うが、頭の体操にはなると読み飛ばしてもらえれば望外の幸せである。

ウクライナ戦争勃発1年を目標に大車輪で本を作ってくれた塚田敬幸氏、そして物語づくりを支えてくれた妻浩美、父和郎、母美智子にも感謝の気持ちを伝えたい。

令和5年1月

薗田嘉寛

【著者紹介】

薗田嘉寛（そのだ よしひろ）

1960 年、群馬県生まれ。

防衛専門紙『朝雲』前編集長。

記者として日航機墜落事故、阪神大震災、日露・日中共同訓練などを取材、自衛隊のペルシャ湾機雷掃海、カンボジア、ゴラン高原、東ティモール各 PKO、イラク復興支援などを現地から報道した。装備にも詳しく、国産哨戒機、輸送機、戦闘機などの開発現場を紹介。

書籍では『「湾岸の夜明け」作戦全記録』（朝雲新聞社）などを編纂。

自著に第 18 回日本ファンタジーノベル大賞最終候補となった『カッパドキア・ワイン』（彩流社）がある。


中国《ちゅうごく》・三峡《さんきょう》ダムを攻撃《こうげき》せよ！

令和《れいわ》パールハーバーの果《は》てに

2023 年 1 月 30 日 初版第 1 刷発行

■著者　薗田嘉寛
■発行者　塚田敬幸

■発行所　えにし書房株式会社
〒 102-0074 千代田区九段南 1-5-6 りそな九段ビル 5F
TEL 03-4520-6930 FAX 03-4520-6931
ウェブサイト http://www.enishishobo.co.jp
E-mail info@enishishobo.co.jp

■印刷／製本　株式会社 厚徳社
■ DTP ／装丁　板垣由佳

 ISBN978-4-86722-115-0 C0095

周縁と機縁のえにし書房

戦争論　私たちにとって戦いとは

マーガレット・マクミラン 著／真壁広道 訳

四六判　並製／3,600 円+税／ISBN978-4-86722-104-4　C0022

歴史学、国際関係史の碩学が 2018 年 BBC のラジオ講義「リース・レクチャー」をもとに書き下ろした 2020 年「ニュー ヨーク・タイムズ ベストブック 10」入選の人文書、翻訳出版！

「戦争」を真正面からとらえ、世界中を古今東西、縦横無尽に駆け回り約 400 のテーマを簡潔、丁寧に論じた戦争全般についての基本図書。

これからの日中韓経済学

田口雅弘 著・編集／金 美徳 著・編集

A5 判　並製／2,700 円+税／ISBN978-4-908073-50-2　C0033

世界経済の中で重要な位置を占め、大いに可能性を秘めながらこれまで十分に議論されてこなかった日中韓経済について、相互の制度的連携や東アジアの将来のあるべき姿などについて、8 人の研究者が様々な視点から論じる。東アジア経済を学ぶ学生のみならず、日中韓関係に関心のあるビジネスマンなどにも有効な示唆に富んだ基本図書。

世界の軍旗図鑑　苅安 望 著

B5 判　上製／10,000 円+税／ISBN978-4-908073-78-6　C0025

1500 余の軍旗・軍章・国籍マーク、宇宙軍旗を網羅！

世界の独立国 198 ヵ国のうち軍隊並びに準軍隊を有する国で現在使われている軍旗、陸軍旗、海軍旗、軍艦旗、艦首旗、海軍長旗、空軍旗そして「空の国旗」とも言える軍用機に付けられる国籍マーク、米国、中国、ロシアの 3 大国で相次いで創設された宇宙軍旗を含めた 1500 余りの各種旗章の特徴をまとめた 画期的 データ・ブック。

世界の軍用機国籍標識図鑑　苅安 望 著

B5 判　上製／12,000 円+税／ISBN978-4-86722-112-9　C0031

「空の国旗」とも言える軍用機に使われている世界 180 カ国の国籍標識 1400 点余を掲載。空軍、海軍、陸軍が個別の国籍標識を有する場合や、低視認性国籍標識も含めて網羅し、大陸別、国名のアイウエオ順に列挙した初の図鑑。エビデンスとして軍用機写真も多数掲載。分析編では、各国で現在使用している国籍マーク及びフィン・フラッシュのデザイン上の特徴をグループに分類し分析を加えた「空の国旗」研究の決定版！